AF476627

LES VIRGINITÉS DE NÉNETTE

Prix net : 0.35

Monologue de **Plébus** et **Will**

Paris — Marcel LABBÉ, Éditeur
20, Rue du Croissant (IIme)

Imp. H. Minot, Paris

Les Antineurasthéniques

MONOLOGUES RABELAISIENS

DE

« *Les seuls qui m'ont fait rire* ».
Henri BRISSON
(Gazette de France, 1907).

Plébus et Will

EN DEUX SÉRIES

« *Guérison certaine de cette terrible affection après lecture* ».
Un millier d'attestations.

Chaque Monologue : 0.35 net

1re SÉRIE
Illustrations Comiques de POUSTHOMIS

Les Dix francs du Vieux Monsieur
Le Vicaire de Saint-Chauffematuile
La Pucelle de Tabarin
Les deux figues d'Ursule
Le Gros et le Petit
Lamentations d'un Lutteur
La Gaule et les Noix
Devant..... Derrière
Mannken-Piss Nègre
L'Horloge de Pétauvent
Les Virginités de Nénette
Comme les Chiens

2me SÉRIE
Illustrations Comiques de PIDOT

Un motif aux Petits Oignons
Madame remettez-nous ça
Le Bidet de Mlle de Cuissefolle
Le Crû de Monsieur Baizemon
Une Langue en danger
L'Asperge de Monsieur Beaublair
La méprise de Mlle de Beaupétard
Par le bas du dos
Un Satyre sous un Tunnel
Histoire d'un Cou de Poulet
Le Paradis d'en face
La Pétarade de Chaudepanse

LES DESSERTS GRIVOIS

20 Monologues pour Hommes, par E. RAYEL, en deux Séries de 10 chacune.

1re Série

Le Réveil-Matin ou *Le Ressort à graisser.*
Un Fiancé épaté ou *Les Derniers outrages.*
Le Motif ou *La Demoiselle un peu vieille.*
Le Songe de ma Femme ou *L'Oiseau du Mari.*
La Culotte de Rose ou *La Porte fermée.*
Parfait Accord ou *Le Coup double.*
Méprise ou *Rentrer et Sortir.*
Le Viatique ou *L'Evêque fatigué.*
Simple Vengeance ou *Changement de Peau.*
L'Amour à tous les étages ou *La Demoiselle agitée.*

2me Série

Les Bas de Jeanneton ou *Plus haut que ça*
La Poule ou *Les deux Œufs du Cycliste*
Logique Fin de Siècle ou *Une Femme pas chère*
Désillusion ou *L'Amour perd son temps.*
Simple oubli ou *Le Parfum n'enlève pas l'odeur.*
Le Récit du Général ou *Une Vie en danger.*
Interprétation ou *Une Anglaise qui n'est pas froide.*
Légumophonie ou *Une Conversation jardinière.*
Le Galant Bandit ou *Le Revolver à six coups.*
Amour et Nécessité ou *Une Jeune fille pressée.*

Chaque Monologue 0.35 net

CHANSONS GAULOISES de G. de NOLA

La Gaule
Noël Gaulois
Mon Frère
Descente en Cave
Madame Putiphar
L'Auberge
La Maraîchère
La Femme du Roulier
Le Carillon d'Amour
Les deux Soldats
Morceau détaché

Mon morceau de musique
Un Doigt de Cour
Le Joueur de Luth
Journée de Printemps
L'Onguent, *monologue*
La Charge du Colonel, *monol.*
La Queue, *monologue*
Idylle, *monologue*
Extase, *monologue*
La Visite, *monologue*
L'Instant psychologique

Chez la Boulangère, *monol.*
Les Chats
Les Grues
Sourde comme un pot, *monologue.*
Un Cocher inquiet, *monologue*
Souvenir de Vendanges, *monologue.*
La Statuette, *monologue.*
Le Turc, *monologue.*
Le Chiffre de la Baronne

Chaque 0.35 net

Collection on ne peut plus grivoise.

Marcel LABBÉ, Editeur, 20, Rue du Croissant, Paris (2me)

LES ANTINEURASTHÉNIQUES
Monologues Rabelaisiens.

Les Virginités de Nénette

Un jeune homme riche et charmant
Vint un jour demander la fille
D'un épicier d'la Rue du Paon.
— Ah! quel honneur pour la famille!
Dit le commerçant : Cher monsieur,
Je veux me montrer généreux
Et je donne à ma fille Annette
Une dot des plus rondelettes.
Cent mille francs! Ça vous va-t-il ?
L'autre répond : Ainsi-soit-il!
Mais sachez bien, mon cher beau-père,
Que si sans l'rond on n'peut rien faire,
Il y a un' plus bell' qualité
Qui s'appell' la virginité —
— Mon gendr' n'ayez pas d'inquiétude
C'est couru, c'est un' certitude...
Et Nénett' même sur le champ
Ici va vous en fair' serment.
— N'est-ce pas ma belle Nénette...
Qu't'as encore ton... tu me comprends ?...
— Oh! dit en riant la filllette
Monsieur sera mêm' bien heureux,
Vu qu'au lieu d'un, ben, j'en ai deux!
Car mon jeune ami Adrien
M'a fait cadeau du sien c'matin!

PLÉBUS et WILL.

M. L. 7.654 M. LABBÉ, édit^r, 20, Rue du Croissant, Paris

Succès des Phonographes

Répertoire Charlus

MONOLOGUES GRIVOIS

1. Amour à tous les étages (l')
2. Amour et nécessité
3. A part ça ça s'est bien passé
4. Bas de Jeanneton (les)
5. Charge du Colonel (la)
6. Chez la Boulangère
7. Chiffre de la baronne (le)
8. Culotte de Rose (la)
9. Désillusion
10. Elles en veulent
11. Extase
12. Fiancé épaté (un)
13. Galant bandit (le)
14. Histoire palpitante (une)
15. Idylle
16. Interprétation
17. Légumophonie
18. Logique fin-de-siècle
19. Méprise
20. Motif (le)
21. Onguent (l')
22. Parfait accord
23. Pilules Groscolard (grand succès)
24. Post Scriptum
25. Poule (la)
26. Protocole à Bibi
27. Queue (la)
28. Récit du Général (grand succès)
29. Revanche du corbeau (acc. Angl)
30. Réveil-matin (le)
31. Simple oubli
32. Simple vengeance
33. Songe de ma femme
34. Sourde comme un pot
35. Souvenir de vendange
36. Statuette (la) grand succès
37. Un cocher inquiet
38. Viatique (le)
39. Visite (la) ou les 2 jumeaux
40. Visite du Major (la)
41. Voyez nouveautés
42. Y'a qu'des gueulards

Chaque : 0.35 net — Par Série de 20 exemplaires : 5 fr. net

CHANSONNETTES GRIVOISES

1. Ah ! les amants
2. Auberge (l')
3. Bête du bon dieu (la)
4. Bilboquet (le)
5. Carillon d'Amour
6. Chats (les)
7. Clef du paradis (la)
8. Descente en cave
9. Deux soldats
10. Drôle de couvent (un)
11. En revenant du bois de Vincennes
12. Femme du roulier (la)
13. Flageolet (le)
14. Gaule (la)
15. Grues (les)
16. Honneur de Margoton
17. Instants psychologiques
18. Joueur de Luth
19. Journée de Printemps
20. Me Cardinal au ch^t de lutte 0.50
21. Madame Putiphar
22. Maire d'Eu (le)
23. Maraichère (la)
24. Mon frère
25. Mon morceau de musique
26. Mon zipholo
27. Montagne où je suis né (la)
28. Morceau détaché
29. Noël gaulois
30. Pancartes (les)
31. Petites chatteries (les)
32. Préfecture d'amour
33. Ritanton larirette
34. Tribulations d'un pipelet
35. Un doigt de cour
36. Voyage au Japon

Chant seul : 0.35 net — Piano et Chant : 1.70 net

NOUVELLES CHANSONS et CHANSONNETTES COMIQUES

1. A la future exposition
2. Alliances de Guillaume II 0.50
3. Arrestation (l')
4. Baigneuse de Beaucaire (la)
5. Barbe et la jambe (la)
6. Bon pour la santé
7. Cake-Walk (le)
8. Ça marche bien
9. Cheval récalcitrant (le)
10. Choix d'une Cocotte (le)
11. Comment on fait une chanson
12. Conquête ratée
13. Duel de Bridou (le)
14. Elle est petite main
15. Enfants et les pères (les)
16. Et ta sœur
17. Fille de Parthenay (la)
18. Garde-champêtre (le) *ou* J'vous y prends
19. Histoire de Malborough *(par un Anglais)*
20. J'te l'avais dit
21. Je voudrais être président
22. Lafontaine à Paris
23. Liberté, égalité, fraternité
24. Ménétrier Thomas
25. Microbomanie
26. Modern lanciers
27. Modernes sérénades
28. Moto-Gourde (le)
29. Ode au chameau
30. On les blague
31. Pari nouveau jeu (un)
32. Petite commerçante (la)
33. Petit bleu (le)
34. Petite Monique (la)
35. Petites semaines (les)
36. Première passion
37. Printemps s'avance
38. Refrains improvisés
39. Réponse à tout
40. Ronde des facteurs (la)
41. Saisons dangereuses
42. Samedi (le)
43. Secrets du Jiu-Jitsu (les)
44. Tabac du Capitaine
45. Toutes les deux
46. Trop nerveux
47. Un coup de soleil *(avec sifflet)*
48. Viens-nous en (grand succès)
49. Viens poupoule (grand succès)
50. Y a quéqu'un dans l'armoire
51. Réplique imprévue
52. L'Anguille
53. Fille à Jean-Pierre (la)
54. Noces de Fanchette (les)

Chant seul : 0.35 — Piano et Chant : 1.70 net

ENVOI CONTRE MANDAT OU TIMBRES-POSTE

La Maison fournit la musique de n'importe quel éditeur. — On n'expédie pas contre remboursement.

SOCIÉTÉ ANONYME DU NOUVEAU RÉPERTOIRE DES CONCERTS DE PARIS

MARCEL LABBÉ, Éditeur, 20, Rue du Croissant, Paris

Imp. H. Minot, 4, rue Camille-Tahan, Paris.

LE VICAIRE DE St CHAUFFEMATUILLE

Monologue de PLÉBUS et WILL

Prix net : 0.35

Paris — Marcel LABBÉ, Editeur
20, Rue du Croissant (IIme)

Imp. H. Minot, Paris

LES ANTINEURASTHÉNIQUES

Monologues Rabelaisiens.

Le Vicaire de Saint-Chauffelatuile

Madam' Jujub' la femm' du maire
Se désespérait d'puis vingt ans !
— J'ne pourrai jamais êtr' mère
Disait-elle en se lamentant —
En vain j'ai brûlé mille cierges
Devant les autels de la Vierge
Je n'ai pas encore eu d'enfant —
Or un jour, lisant la gazette
Elle poussa des cris de chouette.
Son mari survint en courant
— Regard' vite, mon cher Armand,
Il existe au fond d'la Bretagne
Dans la plus obscure campagne
Un pays où depuis cinq ans
Toutes les femm's qui sont stériles
En invoquant Saint-Chauff'latuille
Ont eu deux, trois et cinq enfants...
Il faut faire le pélerinage
Cierge en main, nu-tête, et pieds-nus...
« Mon cher Armand, moi j'n'y tiens plus !
Et je vais commencer l'voyage ! »
Malgré les conseils du mari
Qui tel un veau poussait des cris
Madam' Jujub' se mit en route
Dès le surlendemain matin...
— J'arriverai coûte que coûte.
Au bout d'un mois, sur le chemin
Près du lieu du pélèrinage
Comme elle arrivait toute en nage
Ell' vit un' femm' qui venait
En sens contraire et qui pleurait
— Qu'avez-vous ma bonne, dit-elle ?
— Ah ! Madam', fâcheuse nouvelle,
Répondit l'autre en s'épongeant
Si vous venez pour des enfants
Vous pouvez vous fouiller, ma belle !
Car il est mort hier matin
L' vicair' qui les faisait si bien !

PLÉBUS et WILL.

M. L. 7.694 M. LABBÉ, édit^r, 20, Rue du Croissant, Paris

Succès des Phonographes

Répertoire Charlus

MONOLOGUES GRIVOIS

1. Amour à tous les étages (l')
2. Amour et nécessité
3. A part ça ça s'est bien passé
4. Bas de Jeanneton (les)
5. Charge du Colonel (la)
6. Chez la Boulangère
7. Chiffre de la baronne (le)
8. Culotte de Rose (la)
9. Désillusion
10. Elles en veulent
11. Extase
12. Fiancé épaté (un)
13. Galant bandit (le)
14. Histoire palpitante (une)
15. Idylle
16. Interprétation
17. Légumophonie
18. Logique fin-de-siècle
19. Méprise
20. Motif (le)
21. Onguent (l')
22. Parfait accord
23. Pilules Groscolard (grand succès)
24. Post Scriptum
25. Poule (la)
26. Protocole à Bibi
27. Queue (la)
28. Récit du Général (grand succès)
29. Revanche du corbeau (acc. Angl.)
30. Réveil-matin (le)
31. Simple oubli
32. Simple vengeance
33. Songe de ma femme
34. Sourde comme un pot
35. Souvenir de vendange
36. Statuette (la) grand succès
37. Un cocher inquiet
38. Viatique (le)
39. Visite (la) ou les 2 jumeaux
40. Visite du Major (la)
41. Voyez nouveautés
42. Y'a qu'des gueulards

Chaque : 0.35 net — Par Série de 20 exemplaires : 5 fr. net

CHANSONNETTES GRIVOISES

1. Ah ! les amants
2. Auberge (l')
3. Bête du bon dieu (la)
4. Bilboquet (le)
5. Carillon d'Amour
6. Chats (les)
7. Clef du paradis (la)
8. Descente en cave
9. Deux soldats
10. Drôle de couvent (un)
11. En revenant du bois de Vincennes
12. Femme du roulier (la)
13. Flageolet (le)
14. Gaule (la)
15. Grues (les)
16. Honneur de Margoton
17. Instants psychologiques
18. Joueur de Luth
19. Journée de Printemps
20. Mᵉ Cardinal au chᵗ de lutte 0.50
21. Madame Putiphar
22. Maire d'Eu (le)
23. Maraichère (la)
24. Mon frère
25. Mon morceau de musique
26. Mon zipholo
27. Montagne où je suis né (la)
28. Morceau détaché
29. Noël gaulois
30. Pancartes (les)
31. Petites chatteries (les)
32. Préfecture d'amour
33. Ritanton larirette
34. Tribulations d'un pipelet
35. Un doigt de cour
36. Voyage au Japon

Chant seul : 0.35 net — Piano et Chant : 1.70 net

NOUVELLES CHANSONS et CHANSONNETTES COMIQUES

1. A la future exposition
2. Alliances de Guillaume II 0.50
3. Arrestation (l')
4. Baigneuse de Beaucaire (la)
5. Barbe et la jambe (la)
6. Bon pour la santé
7. Cake-Walk (le)
8. Ça marche bien
9. Cheval récalcitrant (le)
10. Choix d'une Cocotte (le)
11. Comment on fait une chanson
12. Conquête ratée
13. Duel de Bridou (le)
14. Elle est petite main
15. Enfants et les pères (les)
16. Et ta sœur
17. Fille de Parthenay (la)
18. Garde-champêtre (le) *ou* J'vous y prends
19. Histoire de Malborough *(par un Anglais)*
20. J'te l'avais dit
21. Je voudrais être président
22. Lafontaine à Paris
23. Liberté, égalité, fraternité
24. Ménétrier Thomas
25. Microbomanie
26. Modern lanciers
27. Modernes sérénades
28. Moto-Gourde (le)
29. Ode au chameau
30. On les blague
31. Pari nouveau jeu (un)
32. Petite commerçante (la)
33. Petit bleu (le)
34. Petite Monique (la)
35. Petites semaines (les)
36. Première passion
37. Printemps s'avance
38. Refrains improvisés
39. Réponse à tout
40. Ronde des facteurs (la)
41. Saisons dangereuses
42. Samedi (le)
43. Secrets du Jiu-Jitsu (les)
44. Tabac du Capitaine
45. Toutes les deux
46. Trop nerveux
47. Un coup de soleil *(avec sifflet)*
48. Viens-nous en (grand succès)
49. Viens poupoule (grand succès)
50. Y a quéqu'un dans l'armoire
51. Réplique imprévue
52. L'Anguille
53. Fille à Jean-Pierre (la)
54. Noces de Fanchette (les)

Chant seul : 0.35 — Piano et Chant : 1.70 net

ENVOI CONTRE MANDAT OU TIMBRES-POSTE

La Maison fournit la musique de n'importe quel éditeur. — On n'expédie pas contre remboursement.

SOCIÉTÉ ANONYME DU NOUVEAU RÉPERTOIRE DES CONCERTS DE PARIS

MARCEL LABBÉ, Éditeur, 20, Rue du Croissant, Paris

Imp. H. Minot, 4, rue Camille-Tahan, Paris.

UNE LANGUE EN DANGER

Monologue de **PLÉBUS** et **WILL**

Prix net : 0.35

Paris — Marcel LABBÉ, Editeur
20, Rue du Croissant (IIme)

Imp. H. Minot, Paris

Les Antineurasthéniques

MONOLOGUES RABELAISIENS

DE

Plébus et Will

EN DEUX SÉRIES

« *Les seuls qui m'ont fait rire* ».
Henri BRISSON.
(Gazette de France, 1907).

« *Guérison certaine de cette terrible affection après lecture* ».
Un millier d'attestations.

Chaque Monologue : 0.35 net

1re SÉRIE

Illustrations Comiques de POUSTHOMIS

Les Dix francs du Vieux Monsieur
Le Vicaire de Saint-Chauffematuile
La Pucelle de Tabarin
Les deux figues d'Ursule
Le Gros et le Petit
Lamentations d'un Lutteur
La Gaule et les Noix
Devant..... Derrière
Mannken-Piss Nègre
L'Horloge de Pétauvent
Les Virginités de Nénette
Comme les Chiens

2me SÉRIE

Illustrations Comiques de PIDOT

Un motif aux Petits Oignons
Madame remettez-nous ça
Le Bidet de Mlle de Cuissefolle
Le Crû de Monsieur Baizemon
Une Langue en danger
L'Asperge de Monsieur Beaublair
La méprise de Mlle de Beaupétard
Par le bas du dos
Un Satyre sous un Tunnel
Histoire d'un Cou de Poulet
Le Paradis d'en face
La Pétarade de Chaudepanse

LES DESSERTS GRIVOIS

20 Monologues pour Hommes, par E. RAYEL, en deux Séries de 10 chacune.

1re Série

Le Réveil-Matin ou *Le Ressort à graisser.*
Un Fiancé épaté ou *Les Derniers outrages.*
Le Motif ou *La Demoiselle un peu vieille.*
Le Songe de ma Femme ou *L'Oiseau du Mari.*
La Culotte de Rose ou *La Porte fermée.*
Parfait Accord ou *Le Coup double.*
Méprise ou *Rentrer et Sortir.*
Le Viatique ou *L'Evêque fatigué.*
Simple Vengeance ou *Changement de Peau.*
L'Amour à tous les étages ou *La Demoiselle agitée.*

Chaque Monologue 0.35 net

2me Série

Les Bas de Jeanneton ou *Plus haut que ça*
La Poule ou *Les deux Œufs du Cycliste*
Logique Fin de Siècle ou *Une Femme pas chère*
Désillusion ou *L'Amour perd son temps.*
Simple oubli ou *Le Parfum n'enlève pas l'odeur.*
Le Récit du Général ou *Une Vie en danger.*
Interprétation ou *Une Anglaise qui n'est pas froide.*
Légumophonie ou *Une Conversation jardinière.*
Le Galant Bandit ou *Le Révolver à six coups.*
Amour et Nécessité ou *Une Jeune fille pressée.*

CHANSONS GAULOISES de G. de NOLA

La Gaule
Noël Gaulois
Mon Frère
Descente en Cave
Madame Putiphar
L'Auberge
La Maraîchère
La Femme du Roulier
Le Carillon d'Amour
Les deux Soldats
Morceau détaché

Chaque 0.35 net

Mon morceau de musique
Un Doigt de Cour
Le Joueur de Luth
Journée de Printemps
L'Onguent, *monologue*
La Charge du Colonel, *monol.*
La Queue, *monologue*
Idylle, *monologue*
Extase, *monologue*
La Visite, *monologue*
L'Instant psychologique

Chez la Boulangère, *monol.*
Les Chats
Les Grues
Sourde comme un pot, *monologue.*
Un Cocher inquiet, *monologue*
Souvenir de Vendanges, *monologue.*
La Statuette, *monologue.*
Le Turc, *monologue.*
Le Chiffre de la Baronne

Collection on ne peut plus grivoise.

Marcel LABBÉ, Editeur, 20, Rue du Croissant, Paris (2me)

LES ANTINEURASTHÉNIQUES

Monologues Rabelaisiens.

Une Langue en Danger

Il avait dit à son garçon :
Si le cousin vient voir ta mère
A c'qu'il va dir' et c'qu'il va faire
Tu tâch'ras d'faire bien attention.
Et son gamin, gosse de six ans
Spécimen de l'enfant terrible
Eut un : Oui, papa, caressant
Un oui papa, irrésistible !
Le pèr' deux heur's après rentrait,
Car son patron (ô joie immense !)
Bien avant l'heur' le renvoyait
Notre homme pensait : J'en ai d'la chance !
D'vant la loge de Madam' Boitl'pot
Il causait d'la magistrature
Des cornards, d'la température,
Des élections et des impôts...
Mais tout à coup dans l'escalier
Ce fut une dégringolade
Puis sur la rampe une glissade !
C'était son fils le cavalier.
— Tiens ! c'est toi, papa, mont' de suite
Le cousin est d'venu méchant
J'viens d'le voir, papa, viens vite,
Il mordait la langue à maman !

PLÉBUS et WILL.

M. L. 7.650 M. LABBÉ, édit[r], 20, Rue du Croissant, Paris

Succès des Phonographes

Répertoire Charlus

MONOLOGUES GRIVOIS

1. Amour à tous les étages (l')
2. Amour et nécessité
3. A part ça ça s'est bien passé
4. Bas de Jeanneton (les)
5. Charge du Colonel (la)
6. Chez la Boulangère
7. Chiffre de la baronne (le)
8. Culotte de Rose (la)
9. Désillusion
10. Elles en veulent
11. Extase
12. Fiancé épaté (un)
13. Galant bandit (le)
14. Histoire palpitante (une)
15. Idylle
16. Interprétation
17. Légumophonie
18. Logique fin-de-siècle
19. Méprise
20. Motif (le)
21. Onguent (l')
22. Parfait accord
23. Pilules Groscolard (grand succès)
24. Post Scriptum
25. Poule (la)
26. Protocole à Bibi
27. Queue (la)
28. Récit du Général (grand succès)
29. Revanche du corbeau (acc. Angl)
30. Réveil-matin (le)
31. Simple oubli
32. Simple vengeance
33. Songe de ma femme
34. Sourde comme un pot
35. Souvenir de vendange
36. Statuette (la) grand succès
37. Un cocher inquiet
38. Viatique (le)
39. Visite (la) ou les 2 jumeaux
40. Visite du Major (la)
41. Voyez nouveautés
42. Y'a qu'des gueulards

Chaque : 0.35 net

Par Série de 20 exemplaires : 5 fr. net

CHANSONNETTES GRIVOISES

1. Ah ! les amants
2. Auberge (l')
3. Bête du bon dieu (la)
4. Bilboquet (le)
5. Carillon d'Amour
6. Chats (les)
7. Clef du paradis (la)
8. Descente en cave
9. Deux soldats
10. Drôle de couvent (un)
11. Enrevenant du bois de Vincennes
12. Femme du roulier (la)
13. Flageolet (le)
14. Gaule (la)
15. Grues (les)
16. Honneur de Margoton
17. Instants psychologiques
18. Joueur de Luth
19. Journée de Printemps
20. Mᵉ Cardinal au chᵗ de lutte 0.50
21. Madame Putiphar
22. Maire d'Eu (le)
23. Maraichère (la)
24. Mon frère
25. Mon morceau de musique
26. Mon zipholo
27. Montagne où je suis né (la)
28. Morceau détaché
29. Noël gaulois
30. Pancartes (les)
31. Petites chatteries (les)
32. Préfecture d'amour
33. Ritanton larirette
34. Tribulations d'un pipelet
35. Un doigt de cour
36. Voyage au Japon

Chant seul : 0.35 net

Piano et Chant : 1.70 net

NOUVELLES CHANSONS et CHANSONNETTES COMIQUES

1. A la future exposition
2. Alliances de Guillaume II 0.50
3. Arrestation (l')
4. Baigneuse de Beaucaire (la)
5. Barbe et la jambe (la)
6. Bon pour la santé
7. Cake-Walk (le)
8. Ça marche bien
9. Cheval récalcitrant (le)
10. Choix d'une Cocotte (le)
11. Comment on fait une chanson
12. Conquête ratée
13. Duel de Bridou (le)
14. Elle est petite main
15. Enfants et les pères (les)
16. Et ta sœur
17. Fille de Parthenay (la)
18. Garde-champêtre (le) *ou* J'vous y prends
19. Histoire de Malborough *(par un Anglais)*
20. J'te l'avais dit
21. Je voudrais être président
22. Lafontaine à Paris
23. Liberté, égalité, fraternité
24. Ménétrier Thomas
25. Microbomanie
26. Modern lanciers
27. Modernes sérénades
28. Moto-Gourde (le)
29. Ode au chameau
30. On les blague
31. Pari nouveau jeu (un)
32. Petite commerçante (la)
33. Petit bleu (le)
34. Petite Monique (la)
35. Petites semaines (les)
36. Première passion
37. Printemps s'avance
38. Refrains improvisés
39. Réponse à tout
40. Ronde des facteurs (la)
41. Saisons dangereuses
42. Samedi (le)
43. Secrets du Jiu-Jitsu (les)
44. Tabac du Capitaine
45. Toutes les deux
46. Trop nerveux
47. Un coup de soleil *(avec sifflet)*
48. Viens-nous en (grand succès)
49. Viens poupoule (grand succès)
50. Y a quéqu'un dans l'armoire
51. Réplique imprévue
52. L'Anguille
53. Fille à Jean-Pierre (la)
54. Noces de Fanchette (les)

Chant seul : 0.35

Piano et Chant : 1.70 net

ENVOI CONTRE MANDAT OU TIMBRES-POSTE

La Maison fournit la musique de n'importe quel éditeur. — On n'expédie pas contre remboursement.

SOCIÉTÉ ANONYME DU NOUVEAU RÉPERTOIRE DES CONCERTS DE PARIS

MARCEL LABBÉ, Éditeur, 20, Rue du Croissant, Paris

Imp. H. Minot, 4, rue Camille-Tahan, Paris.

Monologue de PLÉBUS et WILL

Paris — Marcel LABBÉ, Editeur
20, Rue du Croissant (IIme)

Imp. H. Minot, Paris

Prix net : 0.35

Les Antineurasthéniques

MONOLOGUES RABELAISIENS

DE

« *Les seuls qui m'ont fait rire* ».
Henri BRISSON.
(Gazette de France, 1907).

Plébus et Will

« *Guérison certaine de cette terrible affection après lecture* ».
Un millier d'attestations.

EN DEUX SÉRIES

Chaque Monologue : 0.35 net

1re SÉRIE
Illustrations Comiques de POUSTHOMIS

Les Dix francs du Vieux Monsieur
Le Vicaire de Saint-Chauffematuile
La Pucelle de Tabarin
Les deux figues d'Ursule
Le Gros et le Petit
Lamentations d'un Lutteur
La Gaule et les Noix
Devant..... Derrière
Mannken-Piss Nègre
L'Horloge de Pétauvent
Les Virginités de Nénette
Comme les Chiens

2me SÉRIE
Illustrations Comiques de PIDOT

Un motif aux Petits Oignons
Madame remettez-nous ça
Le Bidet de Mlle de Cuissefolle
Le Crû de Monsieur Baizemon
Une Langue en danger
L'Asperge de Monsieur Beaublair
La méprise de Mlle de Beaupétard
Par le bas du dos
Un Satyre sous un Tunnel
Histoire d'un Cou de Poulet
Le Paradis d'en face
La Pétarade de Chaudepanse

LES DESSERTS GRIVOIS

20 Monologues pour Hommes, par E. RAYEL, en deux Séries de 10 chacune.

1re Série

Le Réveil-Matin ou *Le Ressort à graisser.*
Un Fiancé épaté ou *Les Derniers outrages.*
Le Motif ou *La Demoiselle un peu vieille.*
Le Songe de ma Femme ou *L'Oiseau du Mari.*
La Culotte de Rose ou *La Porte fermée.*
Parfait Accord ou *Le Coup double.*
Méprise ou *Rentrer et Sortir.*
Le Viatique ou *L'Evêque fatigué.*
Simple Vengeance ou *Changement de Peau.*
L'Amour à tous les étages ou *La Demoiselle agitée.*

Chaque Monologue 0.35 net

2me Série

Les Bas de Jeanneton ou *Plus haut que ça*
La Poule ou *Les deux Œufs du Cycliste*
Logique Fin de Siècle ou *Une Femme pas chère*
Désillusion ou *L'Amour perd son temps.*
Simple oubli ou *Le Parfum n'enlève pas l'odeur.*
Le Récit du Général ou *Une Vie en danger.*
Interprétation ou *Une Anglaise qui n'est pas froide.*
Légumophonie ou *Une Conversation jardinière.*
Le Galant Bandit ou *Le Révolver à six coups.*
Amour et Nécessité ou *Une Jeune fille pressée.*

CHANSONS GAULOISES de G. de NOLA

La Gaule
Noël Gaulois
Mon Frère
Descente en Cave
Madame Putiphar
L'Auberge
La Maraîchère
La Femme du Roulier
Le Carillon d'Amour
Les deux Soldats
Morceau détaché

Chaque 0.35 net

Mon morceau de musique
Un Doigt de Cour
Le Joueur de Luth
Journée de Printemps
L'Onguent, *monologue*
La Charge du Colonel, *monol.*
La Queue, *monologue*
Idylle, *monologue*
Extase, *monologue*
La Visite, *monologue*
L'Instant psychologique

Chez la Boulangère, *monol.*
Les Chats
Les Grues
Sourde comme un pot, *monologue.*
Un Cocher inquiet, *monologue*
Souvenir de Vendanges, *monologue.*
La Statuette, *monologue.*
Le Turc, *monologue.*
Le Chiffre de la Baronne

Collection on ne peut plus grivoise.

Marcel LABBÉ, Editeur, 20, Rue du Croissant, Paris (2me)

LES ANTINEURASTHÉNIQUES

Monologues Rabelaisiens.

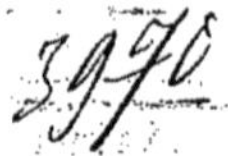

Un Satyre sous un tunnel

Une brave mèr' de famille
Qui voyageait avec sa fille
Vit entrer dans l'compartiment
Un jeune homm' qui f'sait des yeux blancs,
Et ne quitta pas d'un' seconde
Du regard la jeun' Cunégonde.
Soudain, c'fut un effroi mortel,
Le train passait sous un tunnel,
Un tunnel qui m'surait peut-être
Un' longueur de cinq kilomètres.
Le jeune homm', très entreprenant,
De la jeun' fill' s'approchant
Se mit à lui saisir la taille
En f'sant des p'tits baisers canailles.
Cunégonde comme un putois
S'prit à hurler à pleine voix
— Maman, maman, je suis perdue !
Et la vieill' dame d'un' voix émue
S'écria : Ma fill' n'aie pas peur,
Tir' la sonnett' bien vite !
Allons, ma fille, agite, agite,
Et le train va stopper sur l'heur' !
Mais l'autr' répond : N'aie plus d'alarmes,
Ma mère, ta fill' ne craint plus rien
Car maintenant, je le sens bien,
Je tiens la sonnette d'alarme !

PLÉBUS et WILL.

M. L. 7.657 M. LABBÉ, édit^r, 20, Rue du Croissant, Paris

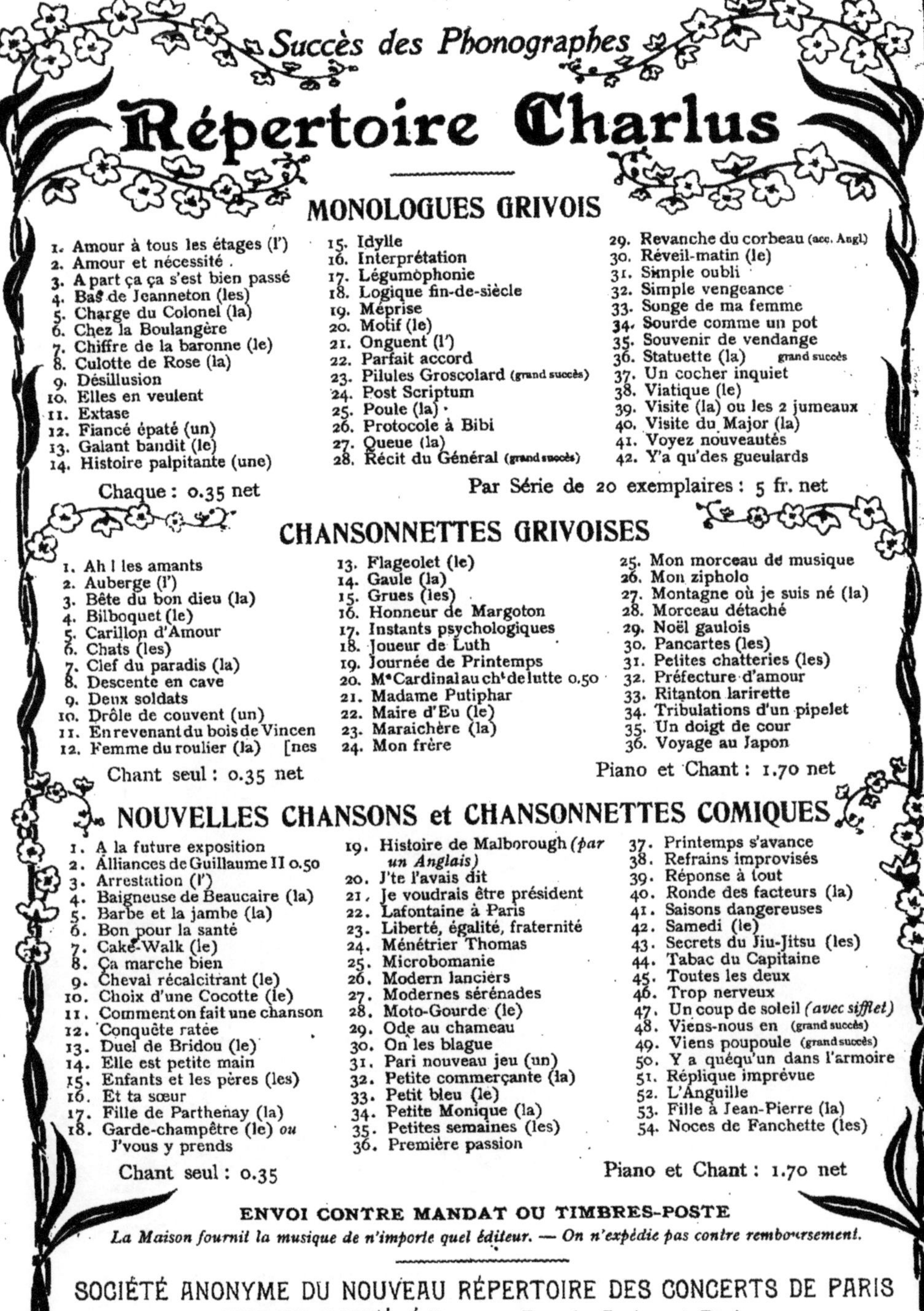
Succès des Phonographes
Répertoire Charlus
MONOLOGUES GRIVOIS
1. Amour à tous les étages (l')
2. Amour et nécessité
3. A part ça ça s'est bien passé
4. Bas de Jeanneton (les)
5. Charge du Colonel (la)
6. Chez la Boulangère
7. Chiffre de la baronne (le)
8. Culotte de Rose (la)
9. Désillusion
10. Elles en veulent
11. Extase
12. Fiancé épaté (un)
13. Galant bandit (le)
14. Histoire palpitante (une)
15. Idylle
16. Interprétation
17. Légumophonie
18. Logique fin-de-siècle
19. Méprise
20. Motif (le)
21. Onguent (l')
22. Parfait accord
23. Pilules Groscolard (grand succès)
24. Post Scriptum
25. Poule (la)
26. Protocole à Bibi
27. Queue (la)
28. Récit du Général (grand succès)
29. Revanche du corbeau (acc. Angl.)
30. Réveil-matin (le)
31. Simple oubli
32. Simple vengeance
33. Songe de ma femme
34. Sourde comme un pot
35. Souvenir de vendange
36. Statuette (la) grand succès
37. Un cocher inquiet
38. Viatique (le)
39. Visite (la) ou les 2 jumeaux
40. Visite du Major (la)
41. Voyez nouveautés
42. Y'a qu'des gueulards
Chaque : 0.35 net
Par Série de 20 exemplaires : 5 fr. net
CHANSONNETTES GRIVOISES
1. Ah ! les amants
2. Auberge (l')
3. Bête du bon dieu (la)
4. Bilboquet (le)
5. Carillon d'Amour
6. Chats (les)
7. Clef du paradis (la)
8. Descente en cave
9. Deux soldats
10. Drôle de couvent (un)
11. En revenant du bois de Vincennes
12. Femme du roulier (la)
13. Flageolet (le)
14. Gaule (la)
15. Grues (les)
16. Honneur de Margoton
17. Instants psychologiques
18. Joueur de Luth
19. Journée de Printemps
20. Mᵉ Cardinal au chᵗ de lutte 0.50
21. Madame Putiphar
22. Maire d'Eu (le)
23. Maraichère (la)
24. Mon frère
25. Mon morceau de musique
26. Mon zipholo
27. Montagne où je suis né (la)
28. Morceau détaché
29. Noël gaulois
30. Pancartes (les)
31. Petites chatteries (les)
32. Préfecture d'amour
33. Ritanton larirette
34. Tribulations d'un pipelet
35. Un doigt de cour
36. Voyage au Japon
Chant seul : 0.35 net
Piano et Chant : 1.70 net
NOUVELLES CHANSONS et CHANSONNETTES COMIQUES
1. A la future exposition
2. Alliances de Guillaume II 0.50
3. Arrestation (l')
4. Baigneuse de Beaucaire (la)
5. Barbe et la jambe (la)
6. Bon pour la santé
7. Cake-Walk (le)
8. Ça marche bien
9. Cheval récalcitrant (le)
10. Choix d'une Cocotte (le)
11. Comment on fait une chanson
12. Conquête ratée
13. Duel de Bridou (le)
14. Elle est petite main
15. Enfants et les pères (les)
16. Et ta sœur
17. Fille de Parthenay (la)
18. Garde-champêtre (le) ou J'vous y prends
19. Histoire de Malborough (par un Anglais)
20. J'te l'avais dit
21. Je voudrais être président
22. Lafontaine à Paris
23. Liberté, égalité, fraternité
24. Ménétrier Thomas
25. Microbomanie
26. Modern lanciers
27. Modernes sérénades
28. Moto-Gourde (le)
29. Ode au chameau
30. On les blague
31. Pari nouveau jeu (un)
32. Petite commerçante (la)
33. Petit bleu (le)
34. Petite Monique (la)
35. Petites semaines (les)
36. Première passion
37. Printemps s'avance
38. Refrains improvisés
39. Réponse à tout
40. Ronde des facteurs (la)
41. Saisons dangereuses
42. Samedi (le)
43. Secrets du Jiu-Jitsu (les)
44. Tabac du Capitaine
45. Toutes les deux
46. Trop nerveux
47. Un coup de soleil (avec sifflet)
48. Viens-nous en (grand succès)
49. Viens poupoule (grand succès)
50. Y a quéqu'un dans l'armoire
51. Réplique imprévue
52. L'Anguille
53. Fille à Jean-Pierre (la)
54. Noces de Fanchette (les)
Chant seul : 0.35
Piano et Chant : 1.70 net
ENVOI CONTRE MANDAT OU TIMBRES-POSTE
La Maison fournit la musique de n'importe quel éditeur. — On n'expédie pas contre remboursement.
SOCIÉTÉ ANONYME DU NOUVEAU RÉPERTOIRE DES CONCERTS DE PARIS
MARCEL LABBÉ, Éditeur, 20, Rue du Croissant, Paris
Tous droits d'exécution, de reproduction et d'arrangements réservés pour tous pays, y compris la Suède, la Norvège et le Danemark.
Imp. H. Minot, 4, rue Camille-Tahan, Paris.

Monologue de PLÉBUS et WILL

Paris — Marcel LABBÉ, Éditeur
20, Rue du Croissant (IIme)

Imp. H. Minot, Paris

Prix net : 0.35

Les Antineurasthéniques

MONOLOGUES RABELAISIENS

DE

Plébus et Will

EN DEUX SÉRIES

« *Les seuls qui m'ont fait rire* ».
Henri BRISSON.
(Gazette de France, 1907).

« *Guérison certaine de cette terrible affection après lecture* ».
Un millier d'attestations.

Chaque Monologue : 0.35 net

1re SÉRIE

Illustrations Comiques de POUSTHOMIS

Les Dix francs du Vieux Monsieur
Le Vicaire de Saint-Chauffematuile
La Pucelle de Tabarin
Les deux figues d'Ursule
Le Gros et le Petit
Lamentations d'un Lutteur
La Gaule et les Noix
Devant..... Derrière
Mannken-Piss Nègre
L'Horloge de Pétauvent
Les Virginités de Nénette
Comme les Chiens

2me SÉRIE

Illustrations Comiques de PIDOT

Un motif aux Petits Oignons
Madame remettez-nous ça
Le Bidet de Mlle de Cuissefolle
Le Crû de Monsieur Baizemon
Une Langue en danger
L'Asperge de Monsieur Beaublair
La méprise de Mlle de Beaupétard
Par le bas du dos
Un Satyre sous un Tunnel
Histoire d'un Cou de Poulet
Le Paradis d'en face
La Pétarade de Chaudepanse

LES DESSERTS GRIVOIS

20 Monologues pour Hommes, par E. RAYEL, en deux Séries de 10 chacune.

1re Série

Le Réveil-Matin ou *Le Ressort à graisser.*
Un Fiancé épaté ou *Les Derniers outrages.*
Le Motif ou *La Demoiselle un peu vieille.*
Le Songe de ma Femme ou *L'Oiseau du Mari.*
La Culotte de Rose ou *La Porte fermée.*
Parfait Accord ou *Le Coup double.*
Méprise ou *Rentrer et Sortir.*
Le Viatique ou *L'Evêque fatigué.*
Simple Vengeance ou *Changement de Peau.*
L'Amour à tous les étages ou *La Demoiselle agitée.*

Chaque Monologue 0.35 net

2me Série

Les Bas de Jeanneton ou *Plus haut que ça*
La Poule ou *Les deux Œufs du Cycliste*
Logique Fin de Siècle ou *Une Femme pas chère*
Désillusion ou *L'Amour perd son temps.*
Simple oubli ou *Le Parfum n'enlève pas l'odeur.*
Le Récit du Général ou *Une Vie en danger.*
Interprétation ou *Une Anglaise qui n'est pas froide.*
Légumophonie ou *Une Conversation jardinière.*
Le Galant Bandit ou *Le Révolver à six coups.*
Amour et Nécessité ou *Une Jeune fille pressée.*

CHANSONS GAULOISES de G. de NOLA

La Gaule
Noël Gaulois
Mon Frère
Descente en Cave
Madame Putiphar
L'Auberge
La Maraîchère
La Femme du Roulier
Le Carillon d'Amour
Les deux Soldats
Morceau détaché

Chaque 0.35 net

Mon morceau de musique
Un Doigt de Cour
Le Joueur de Luth
Journée de Printemps
L'Onguent, *monologue*
La Charge du Colonel, *monol.*
La Queue, *monologue*
Idylle, *monologue*
Extase, *monologue*
La Visite, *monologue*
L'Instant psychologique

Chez la Boulangère, *monol.*
Les Chats
Les Grues
Sourde comme un pot, *monologue.*
Un Cocher inquiet, *monologue*
Souvenir de Vendanges, *monologue.*
La Statuette, *monologue.*
Le Turc, *monologue.*
Le Chiffre de la Baronne

Collection on ne peut plus grivoise.

Marcel LABBÉ, Editeur, 20, Rue du Croissant, Paris (2me)

LES ANTINEURASTHÉNIQUES
Monologues Rabelaisiens.

Un motif aux petits oignons

Le Sergent Bouju, un bon type
Rentrant un soir de permission
Fut pris d'une telle émotion
Qu'il faillit avaler sa pipe.
Derrière le mur du quartier
Il surprit un couple bizarre
Et vit en accourant dar'-dare
Un pékin avec un troupier,
Qui commençaient, ou c'est tout comme,
Un voyage d'exploration
Pour avoir communication
Dans un pays nommé Sodome.
Le sergent Bouju fit un bond
— Ah! je le connais, le cochon,
Il mérit' le conseil de guerre
Et comm' punition exemplaire
Êtr' fusillé par le croupion!
Il ne faut pas que je le rate
Il me faut un motif corsé,
Et pour qu'il soit bien mieux vissé
Faut une phrase délicate...
Et Bouju, la nuit tout entière
Chercha, creusa, fit mille efforts.
Au réveil il cherchait encor
Mais le trouva aux pomm's de terre.
Car on entendit au rapport :
Deux jours au soldat Beaupistil
Motif : Avoir la nuit dernière
Laissé pénétrer un civil
Dans un cercle militaire!

PLÉBUS et WILL.

M. L. 7.685 M. LABBÉ, édit^r, 20, Rue du Croissant, Paris

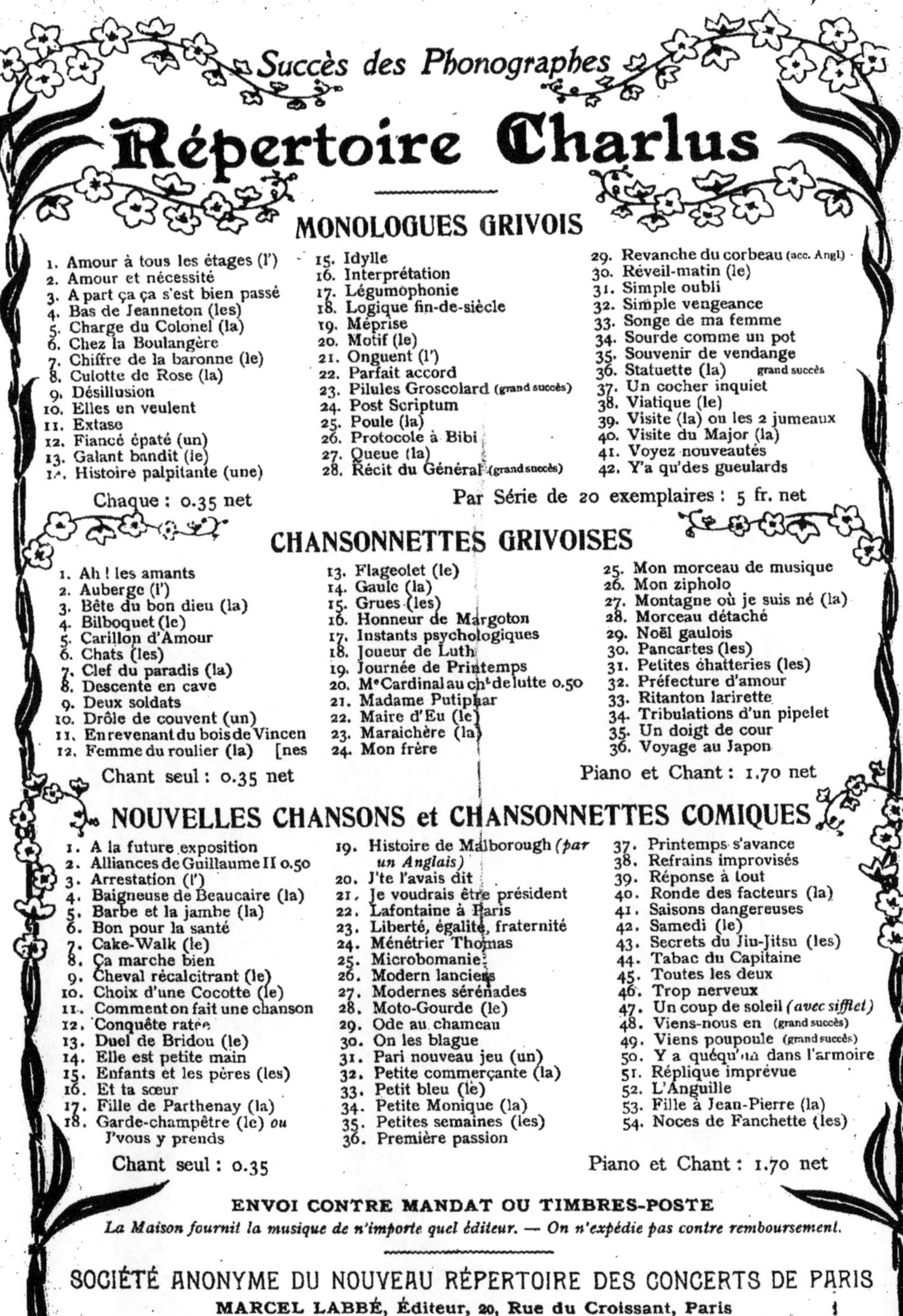

Succès des Phonographes

Répertoire Charlus

MONOLOGUES GRIVOIS

1. Amour à tous les étages (l')
2. Amour et nécessité
3. A part ça ça s'est bien passé
4. Bas de Jeanneton (les)
5. Charge du Colonel (la)
6. Chez la Boulangère
7. Chiffre de la baronne (le)
8. Culotte de Rose (la)
9. Désillusion
10. Elles en veulent
11. Extase
12. Fiancé épaté (un)
13. Galant bandit (le)
14. Histoire palpitante (une)
15. Idylle
16. Interprétation
17. Légumophonie
18. Logique fin-de-siècle
19. Méprise
20. Motif (le)
21. Onguent (l')
22. Parfait accord
23. Pilules Groscolard (grand succès)
24. Post Scriptum
25. Poule (la)
26. Protocole à Bibi
27. Queue (la)
28. Récit du Général (grand succès)
29. Revanche du corbeau (acc. Angl)
30. Réveil-matin (le)
31. Simple oubli
32. Simple vengeance
33. Songe de ma femme
34. Sourde comme un pot
35. Souvenir de vendange
36. Statuette (la) grand succès
37. Un cocher inquiet
38. Viatique (le)
39. Visite (la) ou les 2 jumeaux
40. Visite du Major (la)
41. Voyez nouveautés
42. Y'a qu'des gueulards

Chaque : 0.35 net — Par Série de 20 exemplaires : 5 fr. net

CHANSONNETTES GRIVOISES

1. Ah ! les amants
2. Auberge (l')
3. Bête du bon dieu (la)
4. Bilboquet (le)
5. Carillon d'Amour
6. Chats (les)
7. Clef du paradis (la)
8. Descente en cave
9. Deux soldats
10. Drôle de couvent (un)
11. En revenant du bois de Vincennes
12. Femme du roulier (la)
13. Flageolet (le)
14. Gaule (la)
15. Grues (les)
16. Honneur de Margoton
17. Instants psychologiques
18. Joueur de Luth
19. Journée de Printemps
20. Me Cardinal au ch^t de lutte 0.50
21. Madame Putiphar
22. Maire d'Eu (le)
23. Maraichère (la)
24. Mon frère
25. Mon morceau de musique
26. Mon zipholo
27. Montagne où je suis né (la)
28. Morceau détaché
29. Noël gaulois
30. Pancartes (les)
31. Petites chatteries (les)
32. Préfecture d'amour
33. Ritanton larirette
34. Tribulations d'un pipelet
35. Un doigt de cour
36. Voyage au Japon

Chant seul : 0.35 net — Piano et Chant : 1.70 net

NOUVELLES CHANSONS et CHANSONNETTES COMIQUES

1. A la future exposition
2. Alliances de Guillaume II 0.50
3. Arrestation (l')
4. Baigneuse de Beaucaire (la)
5. Barbe et la jambe (la)
6. Bon pour la santé
7. Cake-Walk (le)
8. Ça marche bien
9. Cheval récalcitrant (le)
10. Choix d'une Cocotte (le)
11. Comment on fait une chanson
12. Conquête ratée
13. Duel de Bridou (le)
14. Elle est petite main
15. Enfants et les pères (les)
16. Et ta sœur
17. Fille de Parthenay (la)
18. Garde-champêtre (le) *ou* J'vous y prends
19. Histoire de Malborough *(par un Anglais)*
20. J'te l'avais dit
21. Je voudrais être président
22. Lafontaine à Paris
23. Liberté, égalité, fraternité
24. Ménétrier Thomas
25. Microbomanie
26. Modern lanciers
27. Modernes sérénades
28. Moto-Gourde (le)
29. Ode au chameau
30. On les blague
31. Pari nouveau jeu (un)
32. Petite commerçante (la)
33. Petit bleu (le)
34. Petite Monique (la)
35. Petites semaines (les)
36. Première passion
37. Printemps s'avance
38. Refrains improvisés
39. Réponse à tout
40. Ronde des facteurs (la)
41. Saisons dangereuses
42. Samedi (le)
43. Secrets du Jiu-Jitsu (les)
44. Tabac du Capitaine
45. Toutes les deux
46. Trop nerveux
47. Un coup de soleil *(avec sifflet)*
48. Viens-nous en (grand succès)
49. Viens poupoule (grand succès)
50. Y a quéqu'un dans l'armoire
51. Réplique imprévue
52. L'Anguille
53. Fille à Jean-Pierre (la)
54. Noces de Fanchette (les)

Chant seul : 0.35 — Piano et Chant : 1.70 net

ENVOI CONTRE MANDAT OU TIMBRES-POSTE

La Maison fournit la musique de n'importe quel éditeur. — On n'expédie pas contre remboursement.

SOCIÉTÉ ANONYME DU NOUVEAU RÉPERTOIRE DES CONCERTS DE PARIS

MARCEL LABBÉ, Éditeur, 20, Rue du Croissant, Paris

Imp. H. Minot, 4, rue Camille-Tahan, Paris.

LA PUCELLE DE TABARIN

Monologue de **Plébus** et **Will**

Prix net : 0.35

aris — Marcel LABBÉ, Editeur
20, Rue du Croissant (IIme)

Imp. H. Minot, Paris.

Les Antineurasthéniques

MONOLOGUES RABELAISIENS

DE

Plébus et Will

EN DEUX SÉRIES

« *Les seuls qui m'ont fait rire* ».
Henri BRISSON.
(Gazette de France, 1907).

« *Guérison certaine de cette terrible affection après lecture* ».
Un millier d'attestations.

Chaque Monologue : 0.35 net

1re SÉRIE
Illustrations Comiques de POUSTHOMIS

Les Dix francs du Vieux Monsieur
Le Vicaire de Saint-Chauffematuile
La Pucelle de Tabarin
Les deux figues d'Ursule
Le Gros et le Petit
Lamentations d'un Lutteur
La Gaule et les Noix
Devant..... Derrière
Mannken-Piss Nègre
L'Horloge de Pétauvent
Les Virginités de Nénette
Comme les Chiens

2me SÉRIE
Illustrations Comiques de PIDOT

Un motif aux Petits Oignons
Madame remettez-nous ça
Le Bidet de Mlle de Cuissefolle
Le Crû de Monsieur Baizemon
Une Langue en danger
L'Asperge de Monsieur Beaublair
La méprise de Mlle de Beaupétard
Par le bas du dos
Un Satyre sous un Tunnel
Histoire d'un Cou de Poulet
Le Paradis d'en face
La Pétarade de Chaudepanse

LES DESSERTS GRIVOIS

20 Monologues pour Hommes, par E. RAYEL, en deux Séries de 10 chacune.

1re Série

Le Réveil-Matin ou *Le Ressort à graisser.*
Un Fiancé épaté ou *Les Derniers outrages.*
Le Motif ou *La Demoiselle un peu vieille.*
Le Songe de ma Femme ou *L'Oiseau du Mari.*
La Culotte de Rose ou *La Porte fermée.*
Parfait Accord ou *Le Coup double.*
Méprise ou *Rentrer et Sortir.*
Le Viatique ou *L'Evêque fatigué.*
Simple Vengeance ou *Changement de Peau.*
L'Amour à tous les étages ou *La Demoiselle agitée.*

2me Série

Les Bas de Jeanneton ou *Plus haut que ça*
La Poule ou *Les deux Œufs du Cycliste*
Logique Fin de Siècle ou *Une Femme pas chère*
Désillusion ou *L'Amour perd son temps.*
Simple oubli ou *Le Parfum n'enlève pas l'odeur.*
Le Récit du Général ou *Une Vie en danger.*
Interprétation ou *Une Anglaise qui n'est pas froide.*
Légumophonie ou *Une Conversation jardinière.*
Le Galant Bandit ou *Le Révolver à six coups.*
Amour et Nécessité ou *Une Jeune fille pressée.*

Chaque Monologue 0.35 net

CHANSONS GAULOISES de G. de NOLA

La Gaule
Noël Gaulois
Mon Frère
Descente en Cave
Madame Putiphar
L'Auberge
La Maraîchère
La Femme du Roulier
Le Carillon d'Amour
Les deux Soldats
Morceau détaché

Mon morceau de musique
Un Doigt de Cour
Le Joueur de Luth
Journée de Printemps
L'Onguent, *monologue*
La Charge du Colonel, *monol.*
La Queue, *monologue*
Idylle, *monologue*
Extase, *monologue*
La Visite, *monologue*
L'Instant psychologique

Chez la Boulangère, *monol.*
Les Chats
Les Grues
Sourde comme un pot, *monologue.*
Un Cocher inquiet, *monologue*
Souvenir de Vendanges, *monologue.*
La Statuette, *monologue.*
Le Turc, *monologue.*
Le Chiffre de la Baronne

Chaque 0.35 net

Collection on ne peut plus grivoise.

Marcel LABBÉ, Editeur, 20, Rue du Croissant, Paris (2me)

LES ANTINEURASTHÉNIQUES

Monologues Rabelaisiens.

La Pucelle de Tabarin

Quatre seigneurs en promenade
Rencontrant un jour Tabarin
Sur le Pont-Neuf, à l'Esplanade,
Voulurent s'amuser un brin...
— Pourriez-vous maintenant nous dire
Vous, le prince des bateleurs,
Empereur, pape des hâbleurs,
Si l'on vous présente en sa fleur
Une charmante demoiselle,
Si c'est ou non une pucelle,
A quoi le reconnaîtriez-vous ?
— Messieurs il faudrait être fou
Répondit Tabarin, je pense,
Pour s'y tromper un seul instant
Je sais un moyen surprenant
Quand j'en veux avoir l'assurance...
Donnez-moi quatre écus d'argent
Vous le saurez immédiat'ment ! »
Les quatr' seigneurs s'exécutèrent.
— Or, dit l'autre, voici l'affaire...
Vous prenez la fill' gentiment
Vous lui mettez la main devant
Vous soufflez de l'autre côté
Et si vous sentez passer l'vent
Croyez-moi, l'objet est percé !
Au r'voir, Messeigneurs, à présent
Vous en avez pour votre argent !

PLÉBUS et WILL.

M. L. 7.688 M. LABBÉ, édit^r, 20, Rue du Croissant, Paris

Succès des Phonographes

Répertoire Charlus

MONOLOGUES GRIVOIS

1. Amour à tous les étages (l')
2. Amour et nécessité
3. A part ça ça s'est bien passé
4. Bas de Jeanneton (les)
5. Charge du Colonel (la)
6. Chez la Boulangère
7. Chiffre de la baronne (le)
8. Culotte de Rose (la)
9. Désillusion
10. Elles en veulent
11. Extase
12. Fiancé épaté (un)
13. Galant bandit (le)
14. Histoire palpitante (une)
15. Idylle
16. Interprétation
17. Légumophonie
18. Logique fin-de-siècle
19. Méprise
20. Motif (le)
21. Onguent (l')
22. Parfait accord
23. Pilules Groscolard (grand succès)
24. Post Scriptum
25. Poule (la)
26. Protocole à Bibi
27. Queue (la)
28. Récit du Général (grand succès)
29. Revanche du corbeau (acc. Angl)
30. Réveil-matin (le)
31. Simple oubli
32. Simple vengeance
33. Songe de ma femme
34. Sourde comme un pot
35. Souvenir de vendange
36. Statuette (la) grand succès
37. Un cocher inquiet
38. Viatique (le)
39. Visite (la) ou les 2 jumeaux
40. Visite du Major (la)
41. Voyez nouveautés
42. Y'a qu'des gueulards

Chaque : 0.35 net — Par Série de 20 exemplaires : 5 fr. net

CHANSONNETTES GRIVOISES

1. Ah ! les amants
2. Auberge (l')
3. Bête du bon dieu (la)
4. Bilboquet (le)
5. Carillon d'Amour
6. Chats (les)
7. Clef du paradis (la)
8. Descente en cave
9. Deux soldats
10. Drôle de couvent (un)
11. En revenant du bois de Vincennes
12. Femme du roulier (la)
13. Flageolet (le)
14. Gaule (la)
15. Grues (les)
16. Honneur de Margoton
17. Instants psychologiques
18. Joueur de Luth
19. Journée de Printemps
20. Mˢ Cardinal au ch' de lutte 0.50
21. Madame Putiphar
22. Maire d'Eu (le)
23. Maraîchère (la)
24. Mon frère
25. Mon morceau de musique
26. Mon zipholo
27. Montagne où je suis né (la)
28. Morceau détaché
29. Noël gaulois
30. Pancartes (les)
31. Petites chatteries (les)
32. Préfecture d'amour
33. Ritanton larirette
34. Tribulations d'un pipelet
35. Un doigt de cour
36. Voyage au Japon

Chant seul : 0.35 net — Piano et Chant : 1.70 net

NOUVELLES CHANSONS et CHANSONNETTES COMIQUES

1. A la future exposition
2. Alliances de Guillaume II 0.50
3. Arrestation (l')
4. Baigneuse de Beaucaire (la)
5. Barbe et la jambe (la)
6. Bon pour la santé
7. Cake-Walk (le)
8. Ça marche bien
9. Cheval récalcitrant (le)
10. Choix d'une Cocotte (le)
11. Comment on fait une chanson
12. Conquête ratée
13. Duel de Bridou (le)
14. Elle est petite main
15. Enfants et les pères (les)
16. Et ta sœur
17. Fille de Parthenay (la)
18. Garde-champêtre (le) *ou* J'vous y prends
19. Histoire de Malborough *(par un Anglais)*
20. J'te l'avais dit
21. Je voudrais être président
22. Lafontaine à Paris
23. Liberté, égalité, fraternité
24. Ménétrier Thomas
25. Microbomanie
26. Modern lanciers
27. Modernes sérénades
28. Moto-Gourde (le)
29. Ode au chameau
30. On les blague
31. Pari nouveau jeu (un)
32. Petite commerçante (la)
33. Petit bleu (le)
34. Petite Monique (la)
35. Petites semaines (les)
36. Première passion
37. Printemps s'avance
38. Refrains improvisés
39. Réponse à tout
40. Ronde des facteurs (la)
41. Saisons dangereuses
42. Samedi (le)
43. Secrets du Jiu-Jitsu (les)
44. Tabac du Capitaine
45. Toutes les deux
46. Trop nerveux
47. Un coup de soleil *(avec sifflet)*
48. Viens-nous en (grand succès)
49. Viens poupoule (grand succès)
50. Y a quéqu'un dans l'armoire
51. Réplique imprévue
52. L'Anguille
53. Fille à Jean-Pierre (la)
54. Noces de Fanchette (les)

Chant seul : 0.35 — Piano et Chant : 1.70 net

ENVOI CONTRE MANDAT OU TIMBRES-POSTE

La Maison fournit la musique de n'importe quel éditeur. — On n'expédie pas contre remboursement.

SOCIÉTÉ ANONYME DU NOUVEAU RÉPERTOIRE DES CONCERTS DE PARIS

MARCEL LABBÉ, Éditeur, 20, Rue du Croissant, Paris

Imp. H. Minot, 4, rue Camille-Tahan, Paris.

Monologue de PLÉBUS et WILL

Paris — Marcel LABBÉ, Editeur
20, Rue du Croissant (IIme)

Imp. H. Minot, Paris.

Prix net : 0.35

Les Antineurasthéniques

MONOLOGUES RABELAISIENS

DE

« *Les seuls qui m'ont fait rire* ».
Henri BRISSON.
(Gazette de France, 1907).

Plébus et Will

EN DEUX SÉRIES

« *Guérison certaine de cette terrible affection après lecture* ».
Un millier d'attestations.

Chaque Monologue : 0.35 net

1re SÉRIE

Illustrations Comiques de POUSTHOMIS

Les Dix francs du Vieux Monsieur
Le Vicaire de Saint-Chauffematuile
La Pucelle de Tabarin
Les deux figues d'Ursule
Le Gros et le Petit
Lamentations d'un Lutteur
La Gaule et les Noix
Devant..... Derrière
Mannken-Piss Nègre
L'Horloge de Pétauvent
Les Virginités de Nénette
Comme les Chiens

2me SÉRIE

Illustrations Comiques de PIDOT

Un motif aux Petits Oignons
Madame remettez-nous ça
Le Bidet de Mlle de Cuissefolle
Le Crû de Monsieur Baizemon
Une Langue en danger
L'Asperge de Monsieur Beaublair
La méprise de Mlle de Beaupétard
Par le bas du dos
Un Satyre sous un Tunnel
Histoire d'un Cou de Poulet
Le Paradis d'en face
La Pétarade de Chaudepanse

LES DESSERTS GRIVOIS

20 Monologues pour Hommes, par E. RAYEL, en deux Séries de 10 chacune.

1re Série

Le Réveil-Matin ou *Le Ressort à graisser.*
Un Fiancé épaté ou *Les Derniers outrages.*
Le Motif ou *La Demoiselle un peu vieille.*
Le Songe de ma Femme ou *L'Oiseau du Mari.*
La Culotte de Rose ou *La Porte fermée.*
Parfait Accord ou *Le Coup double.*
Méprise ou *Rentrer et Sortir.*
Le Viatique ou *L'Evêque fatigué.*
Simple Vengeance ou *Changement de Peau.*
L'Amour à tous les étages ou *La Demoiselle agitée.*

Chaque Monologue 0.35 net

2me Série

Les Bas de Jeanneton ou *Plus haut que ça*
La Poule ou *Les deux Œufs du Cycliste*
Logique Fin de Siècle ou *Une Femme pas chère*
Désillusion ou *L'Amour perd son temps.*
Simple oubli ou *Le Parfum n'enlève pas l'odeur.*
Le Récit du Général ou *Une Vie en danger.*
Interprétation ou *Une Anglaise qui n'est pas froide.*
Légumophonie ou *Une Conversation jardinière.*
Le Galant Bandit ou *Le Révolver à six coups.*
Amour et Nécessité ou *Une Jeune fille pressée.*

CHANSONS GAULOISES de G. de NOLA

La Gaule
Noël Gaulois
Mon Frère
Descente en Cave
Madame Putiphar
L'Auberge
La Maraîchère
La Femme du Roulier
Le Carillon d'Amour
Les deux Soldats
Morceau détaché

Chaque 0.35 net

Mon morceau de musique
Un Doigt de Cour
Le Joueur de Luth
Journée de Printemps
L'Onguent, *monologue*
La Charge du Colonel, *monol.*
La Queue, *monologue*
Idylle, *monologue*
Extase, *monologue*
La Visite, *monologue*
L'Instant psychologique

Chez la Boulangère, *monol.*
Les Chats
Les Grues
Soûl de comme un pot, *monologue.*
Un Cocher inquiet, *monologue*
Souvenir de Vendanges, *monologue.*
La Statuette, *monologue.*
Le Turc, *monologue.*
Le Chiffre de la Baronne

Collection on ne peut plus grivoise.

Marcel LABBÉ, Editeur, 20, Rue du Croissant, Paris (2me)

LES ANTINEURASTHÉNIQUES

Monologues Rabelaisiens.

3973

La Pétarade de Chaudepanse

Certain jour dans un restaurant
Déjeunait Monsieur Chaudepanse,
Mais lorsque arriva le moment
De solder enfin la dépense
Il fit d'nombreuses observations
A l'examen de l'addition...
— Cinquant' cinq sous ! C'est effroyable,
J'suis resté dix minut's à table,
J'ai mangé de vieux rogatons
Et vous voulez cinquant' cinq ronds ?
Cinquant' cinq pets, mon camarade
Cinquant' cinq pets, entendez-vous ?
C'est tout c' que valent vos ragoûts,
Vos mayonnais's et vos poivrades !
Le garçon piqué répondit :
— On en fait souvent moins qu'on n'dit !...
Et si vous fait's, comm' vous le dites,
Cinquant' cinq pets, je vous tiens quitte !
Monsieur Chaudepanse d'un saut
Grimpa sur la table aussitôt,
Et commença la pétarade :
— Un, deux... dix... quinze, hé ! camarade,
Je crois que ça commence bien,
Prends en d'la graine, mon vieux Bastien !
Poursuivant sa cours' débordante
Monsieur Chaudepans', bien en train,
Sans s'arrêter en fit soixante...
Puis au garçon d'un air très doux
— Nous avons dit : Cinquant' cinq sous ?
J'ai fait soixante pets, je pense
Qu'il y a un' petit' différence,
Et mêm' ça vous en bouche un coin... !
Pourtant comme je ne veux point
En avoir fait cinq pour la gloire,
Gardez-les c'est pour votr' pourboire !

PLÉBUS et WILL.

M. L. 7.655 M. LABBÉ, édit^r, 20, Rue du Croissant, Paris

Succès des Phonographes

Répertoire Charlus

MONOLOGUES GRIVOIS

1. Amour à tous les étages (l')
2. Amour et nécessité
3. A part ça ça s'est bien passé
4. Bas de Jeanneton (les)
5. Charge du Colonel (la)
6. Chez la Boulangère
7. Chiffre de la baronne (le)
8. Culotte de Rose (la)
9. Désillusion
10. Elles en veulent
11. Extase
12. Fiancé épaté (un)
13. Galant bandit (le)
14. Histoire palpitante (une)
15. Idylle
16. Interprétation
17. Légumophonie
18. Logique fin-de-siècle
19. Méprise
20. Motif (le)
21. Onguent (l')
22. Parfait accord
23. Pilules Groscolard (grand succès)
24. Post Scriptum
25. Poule (la)
26. Protocole à Bibi
27. Queue (la)
28. Récit du Général (grand succès)
29. Revanche du corbeau (acc. Angl.)
30. Réveil-matin (le)
31. Simple oubli
32. Simple vengeance
33. Songe de ma femme
34. Sourde comme un pot
35. Souvenir de vendange
36. Statuette (la) grand succès
37. Un cocher inquiet
38. Viatique (le)
39. Visite (la) ou les 2 jumeaux
40. Visite du Major (la)
41. Voyez nouveautés
42. Y'a qu'des gueulards

Chaque : 0.35 net — Par Série de 20 exemplaires : 5 fr. net

CHANSONNETTES GRIVOISES

1. Ah ! les amants
2. Auberge (l')
3. Bête du bon dieu (la)
4. Bilboquet (le)
5. Carillon d'Amour
6. Chats (les)
7. Clef du paradis (la)
8. Descente en cave
9. Deux soldats
10. Drôle de couvent (un)
11. En revenant du bois de Vincennes
12. Femme du roulier (la)
13. Flageolet (le)
14. Gaule (la)
15. Grues (les)
16. Honneur de Margoton
17. Instants psychologiques
18. Joueur de Luth
19. Journée de Printemps
20. Mᵉ Cardinal au ch^t de lutte 0.50
21. Madame Putiphar
22. Maire d'Eu (le)
23. Maraichère (la)
24. Mon frère
25. Mon morceau de musique
26. Mon zipholo
27. Montagne où je suis né (la)
28. Morceau détaché
29. Noël gaulois
30. Pancartes (les)
31. Petites chatteries (les)
32. Préfecture d'amour
33. Ritanton larirette
34. Tribulations d'un pipelet
35. Un doigt de cour
36. Voyage au Japon

Chant seul : 0.35 net — Piano et Chant : 1.70 net

NOUVELLES CHANSONS et CHANSONNETTES COMIQUES

1. A la future exposition
2. Alliances de Guillaume II 0.50
3. Arrestation (l')
4. Baigneuse de Beaucaire (la)
5. Barbe et la jambe (la)
6. Bon pour la santé
7. Cake-Walk (le)
8. Ça marche bien
9. Cheval récalcitrant (le)
10. Choix d'une Cocotte (le)
11. Comment on fait une chanson
12. Conquête ratée
13. Duel de Bridou (le)
14. Elle est petite main
15. Enfants et les pères (les)
16. Et ta sœur
17. Fille de Parthenay (la)
18. Garde-champêtre (le) *ou* J'vous y prends
19. Histoire de Malborough *(par un Anglais)*
20. J'te l'avais dit
21. Je voudrais être président
22. Lafontaine à Paris
23. Liberté, égalité, fraternité
24. Ménétrier Thomas
25. Microbomanie
26. Modern lanciers
27. Modernes sérénades
28. Moto-Gourde (le)
29. Ode au chameau
30. On les blague
31. Pari nouveau jeu (un)
32. Petite commerçante (la)
33. Petit bleu (le)
34. Petite Monique (la)
35. Petites semaines (les)
36. Première passion
37. Printemps s'avance
38. Refrains improvisés
39. Réponse à tout
40. Ronde des facteurs (la)
41. Saisons dangereuses
42. Samedi (le)
43. Secrets du Jiu-Jitsu (les)
44. Tabac du Capitaine
45. Toutes les deux
46. Trop nerveux
47. Un coup de soleil *(avec sifflet)*
48. Viens-nous en (grand succès)
49. Viens poupoule (grand succès)
50. Y a quéqu'un dans l'armoire
51. Réplique imprévue
52. L'Anguille
53. Fille à Jean-Pierre (la)
54. Noces de Fanchette (les)

Chant seul : 0.35 — Piano et Chant : 1.70 net

ENVOI CONTRE MANDAT OU TIMBRES-POSTE

La Maison fournit la musique de n'importe quel éditeur. — On n'expédie pas contre remboursement.

SOCIÉTÉ ANONYME DU NOUVEAU RÉPERTOIRE DES CONCERTS DE PARIS

MARCEL LABBÉ, Éditeur, 20, Rue du Croissant, Paris

Imp. H. Minot, 4, rue Camille-Tahan, Paris.

PAR LE BAS DU DOS

M. Pidoux

Monologue de PLÉBUS et WILL

Prix net : 0.35

Paris — Marcel LABBÉ, Editeur
20, Rue du Croissant (IIme)

Imp. H. Minot, Paris

Les Antineurasthéniques

MONOLOGUES RABELAISIENS

DE

« *Les seuls qui m'ont fait rire* ».
Henri BRISSON.
(Gazette de France, 1907).

Plébus et Will

« *Guérison certaine de cette terrible affection après lecture* ».
Un millier d'attestations.

EN DEUX SÉRIES

Chaque Monologue : 0.35 net

1re SÉRIE

Illustrations Comiques de POUSTHOMIS

Les Dix francs du Vieux Monsieur
Le Vicaire de Saint-Chauffematuile
La Pucelle de Tabarin
Les deux figues d'Ursule
Le Gros et le Petit
Lamentations d'un Lutteur
La Gaule et les Noix
Devant..... Derrière
Mannken-Piss Nègre
L'Horloge de Pétauvent
Les Virginités de Nénette
Comme les Chiens

2me SÉRIE

Illustrations Comiques de PIDOT

Un motif aux Petits Oignons
Madame remettez-nous ça
Le Bidet de Mlle de Cuissefolle
Le Crû de Monsieur Baizemon
Une Langue en danger
L'Asperge de Monsieur Beaublair
La méprise de Mlle de Beaupétard
Par le bas du dos
Un Satyre sous un Tunnel
Histoire d'un Cou de Poulet
Le Paradis d'en face
La Pétarade de Chaudeparise

LES DESSERTS GRIVOIS

20 Monologues pour Hommes, par E. RAYEL, en deux Séries de 10 chacune.

1re Série

Le Réveil-Matin ou *Le Ressort à graisser.*
Un Fiancé épaté ou *Les Derniers outrages.*
Le Motif ou *La Demoiselle un peu vieille.*
Le Songe de ma Femme ou *L'Oiseau du Mari.*
La Culotte de Rose ou *La Porte fermée.*
Parfait Accord ou *Le Coup double.*
Méprise ou *Rentrer et Sortir.*
Le Viatique ou *L'Evêque fatigué.*
Simple Vengeance ou *Changement de Peau.*
L'Amour à tous les étages ou *La Demoiselle agitée.*

Chaque Monologue 0.35 net

2me Série

Les Bas de Jeanneton ou *Plus haut que ça*
La Poule ou *Les deux Œufs du Cycliste*
Logique Fin de Siècle ou *Une Femme pas chère*
Désillusion ou *L'Amour perd son temps.*
Simple oubli ou *Le Parfum n'enlève pas l'odeur.*
Le Récit du Général ou *Une Vie en danger.*
Interprétation ou *Une Anglaise qui n'est pas froide.*
Légumophonie ou *Une Conversation jardinière.*
Le Galant Bandit ou *Le Révolver à six coups.*
Amour et Nécessité ou *Une Jeune fille pressée.*

CHANSONS GAULOISES de G. de NOLA

La Gaule
Noël Gaulois
Mon Frère
Descente en Cave
Madame Putiphar
L'Auberge
La Maraîchère
La Femme du Roulier
Le Carillon d'Amour
Les deux Soldats
Morceau détaché

Chaque 0.35 net

Mon morceau de musique
Un Doigt de Cour
Le Joueur de Luth
Journée de Printemps
L'Onguent, *monologue*
La Charge du Colonel, *monol.*
La Queue, *monologue*
Idylle, *monologue*
Extase, *monologue*
La Visite, *monologue*
L'Instant psychologique

Chez la Boulangère, *monol.*
Les Chats
Les Grues
Sourde comme un pot, *monologue.*
Un Cocher inquiet, *monologue*
Souvenir de Vendanges, *monologue.*
La Statuette, *monologue.*
Le Turc, *monologue.*
Le Chiffre de la Baronne

Collection on ne peut plus grivoise.

Marcel LABBÉ, Editeur, 20, Rue du Croissant, Paris (2me)

LES ANTINEURASTHÉNIQUES
Monologues Rabelaisiens.

Par le bas du dos

CONTE ORIENTAL

Dans un sérail de la Turquie
Deux Français s'étant introduits
On les mit dans un noir réduit...
Tous deux devaient perdre la vie !
Mais la porte s'ouvrit soudain
Alors ils virent apparaître
Un ennuqu' qui devant son maître
Les conduisit dans un jardin.
Le pacha leur dit : Choisissez
Un fruit pour que je l'empoisonne,
Chacun le sien — Votre heure sonne !
— Les voilà bien embarrassés !
Lors ils cherchèrent tristement
Empreints d'une émotion cruelle,
Et pour la sentence mortelle
Ils revinrent au bout d'un moment.
Le premier tendit au pacha
Une cerise belle et rouge ;
Lui sans que son visage bouge,
Dans un liquid' l'empoisonna.
Alors — spectacle plein d'horreur ! —
Il fit un signe à son eunuque
Qui prit le Français par la nuque,
Lui glissant l'fruit dans l'postérieur.
Là-d'ssus un rire irrésistible !
— Pourquoi ris-tu ? dit l'Oriental
A celui qui servait de cible —
L'autr' répondit : C'est colossal,
Oui, j'ai l' cœur à la rigolade
Pour moi, ça n'a pas été long,
Mais que va dir' mon camarade ?...
Lui, il vient de choisir un m'lon !

PLÉBUS et WILL.

M. L. 7.653 M. LABBÉ, édit^r^, 20, Rue du Croissant, Paris

Succès des Phonographes

Répertoire Charlus

MONOLOGUES GRIVOIS

1. Amour à tous les étages (l')
2. Amour et nécessité
3. A part ça ça s'est bien passé
4. Bas de Jeanneton (les)
5. Charge du Colonel (la)
6. Chez la Boulangère
7. Chiffre de la baronne (le)
8. Culotte de Rose (la)
9. Désillusion
10. Elles en veulent
11. Extase
12. Fiancé épaté (un)
13. Galant bandit (le)
14. Histoire palpitante (une)
15. Idylle
16. Interprétation
17. Légumophonie
18. Logique fin-de-siècle
19. Méprise
20. Motif (le)
21. Onguent (l')
22. Parfait accord
23. Pilules Groscolard (grand succès)
24. Post Scriptum
25. Poule (la)
26. Protocole à Bibi
27. Queue (la)
28. Récit du Général (grand succès)
29. Revanche du corbeau (acc. Angl.)
30. Réveil-matin (le)
31. Simple oubli
32. Simple vengeance
33. Songe de ma femme
34. Sourde comme un pot
35. Souvenir de vendange
36. Statuette (la) grand succès
37. Un cocher inquiet
38. Viatique (le)
39. Visite (la) ou les 2 jumeaux
40. Visite du Major (la)
41. Voyez nouveautés
42. Y'a qu'des gueulards

Chaque : 0.35 net — Par Série de 20 exemplaires : 5 fr. net

CHANSONNETTES GRIVOISES

1. Ah ! les amants
2. Auberge (l')
3. Bête du bon dieu (la)
4. Bilboquet (le)
5. Carillon d'Amour
6. Chats (les)
7. Clef du paradis (la)
8. Descente en cave
9. Deux soldats
10. Drôle de couvent (un)
11. En revenant du bois de Vincennes
12. Femme du roulier (la)
13. Flageolet (le)
14. Gaule (la)
15. Grues (les)
16. Honneur de Margoton
17. Instants psychologiques
18. Joueur de Luth
19. Journée de Printemps
20. Me Cardinal au ch^{t} de lutte 0.50
21. Madame Putiphar
22. Maire d'Eu (le)
23. Maraichère (la)
24. Mon frère
25. Mon morceau de musique
26. Mon zipholo
27. Montagne où je suis né (la)
28. Morceau détaché
29. Noël gaulois
30. Pancartes (les)
31. Petites chatteries (les)
32. Préfecture d'amour
33. Ritanton larirette
34. Tribulations d'un pipelet
35. Un doigt de cour
36. Voyage au Japon

Chant seul : 0.35 net — Piano et Chant : 1.70 net

NOUVELLES CHANSONS et CHANSONNETTES COMIQUES

1. A la future exposition
2. Alliances de Guillaume II 0.50
3. Arrestation (l')
4. Baigneuse de Beaucaire (la)
5. Barbe et la jambe (la)
6. Bon pour la santé
7. Cake-Walk (le)
8. Ça marche bien
9. Cheval récalcitrant (le)
10. Choix d'une Cocotte (le)
11. Comment on fait une chanson
12. Conquête ratée
13. Duel de Bridou (le)
14. Elle est petite main
15. Enfants et les pères (les)
16. Et ta sœur
17. Fille de Parthenay (la)
18. Garde-champêtre (le) *ou* J'vous y prends
19. Histoire de Malborough *(par un Anglais)*
20. J'te l'avais dit
21. Je voudrais être président
22. Lafontaine à Paris
23. Liberté, égalité, fraternité
24. Ménétrier Thomas
25. Microbomanie
26. Modern lanciers
27. Modernes sérénades
28. Moto-Gourde (le)
29. Ode au chameau
30. On les blague
31. Pari nouveau jeu (un)
32. Petite commerçante (la)
33. Petit bleu (le)
34. Petite Monique (la)
35. Petites semaines (les)
36. Première passion
37. Printemps s'avance
38. Refrains improvisés
39. Réponse à tout
40. Ronde des facteurs (la)
41. Saisons dangereuses
42. Samedi (le)
43. Secrets du Jiu-Jitsu (les)
44. Tabac du Capitaine
45. Toutes les deux
46. Trop nerveux
47. Un coup de soleil *(avec sifflet)*
48. Viens-nous en (grand succès)
49. Viens poupoule (grand succès)
50. Y a quéqu'un dans l'armoire
51. Réplique imprévue
52. L'Anguille
53. Fille à Jean-Pierre (la)
54. Noces de Fanchette (les)

Chant seul : 0.35 — Piano et Chant : 1.70 net

ENVOI CONTRE MANDAT OU TIMBRES-POSTE

La Maison fournit la musique de n'importe quel éditeur. — On n'expédie pas contre remboursement.

SOCIÉTÉ ANONYME DU NOUVEAU RÉPERTOIRE DES CONCERTS DE PARIS

MARCEL LABBÉ, Éditeur, 20, Rue du Croissant, Paris

Imp. H. Minot, 4, rue Camille-Tahan, Paris.

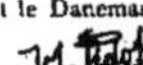

Monologue de PLÉBUS et WILL

Paris — Marcel LABBÉ, Editeur
20, Rue du Croissant (IIme)

Imp. H. Minot, Paris

Prix net : 0.35

Les Antineurasthéniques

MONOLOGUES RABELAISIENS

DE

Plébus et Will

EN DEUX SÉRIES

« *Les seuls qui m'ont fait rire* ».
Henri BRISSON.
(Gazette de France, 1907).

« *Guérison certaine de cette terrible affection après lecture* ».
Un millier d'attestations.

Chaque Monologue : 0.35 net

1re SÉRIE

Illustrations Comiques de POUSTHOMIS

Les Dix francs du Vieux Monsieur
Le Vicaire de Saint-Chauffematuile
La Pucelle de Tabarin
Les deux figues d'Ursule
Le Gros et le Petit
Lamentations d'un Lutteur
La Gaule et les Noix
Devant..... Derrière
Mannken-Piss Nègre
L'Horloge de Pétauvent
Les Virginités de Nénette
Comme les Chiens

2me SÉRIE

Illustrations Comiques de PIDOT

Un motif aux Petits Oignons
Madame remettez-nous ça
Le Bidet de Mlle de Cuissefolle
Le Crû de Monsieur Baizemon
Une Langue en danger
L'Asperge de Monsieur Beaublair
La méprise de Mlle de Beaupétard
Par le bas du dos
Un Satyre sous un Tunnel
Histoire d'un Cou de Poulet
Le Paradis d'en face
La Pétarade de Chaudepanse

LES DESSERTS GRIVOIS

20 Monologues pour Hommes, par E. RAYEL, en deux Séries de 10 chacune.

1re Série

Le Réveil-Matin ou *Le Ressort à graisser.*
Un Fiancé épaté ou *Les Derniers outrages.*
Le Motif ou *La Demoiselle un peu vieille.*
Le Songe de ma Femme ou *L'Oiseau du Mari.*
La Culotte de Rose ou *La Porte fermée.*
Parfait Accord ou *Le Coup double.*
Méprise ou *Rentrer et Sortir.*
Le Viatique ou *L'Evêque fatigué.*
Simple Vengeance ou *Changement de Peau.*
L'Amour à tous les étages ou *La Demoiselle agitée.*

2me Série

Les Bas de Jeanneton ou *Plus haut que ça*
La Poule ou *Les deux Œufs du Cycliste*
Logique Fin de Siècle ou *Une Femme pas chère*
Désillusion ou *L'Amour perd son temps.*
Simple oubli ou *Le Parfum n'enlève pas l'odeur.*
Le Récit du Général ou *Une Vie en danger.*
Interprétation ou *Une Anglaise qui n'est pas froide.*
Légumophonie ou *Une Conversation jardinière.*
Le Galant Bandit ou *Le Révolver à six coups.*
Amour et Nécessité ou *Une Jeune fille pressée.*

Chaque Monologue 0.35 net

CHANSONS GAULOISES de G. de NOLA

La Gaule
Noël Gaulois
Mon Frère
Descente en Cave
Madame Putiphar
L'Auberge
La Maraîchère
La Femme du Roulier
Le Carillon d'Amour
Les deux Soldats
Morceau détaché
Mon morceau de musique
Un Doigt de Cour
Le Joueur de Luth
Journée de Printemps
L'Onguent, *monologue*
La Charge du Colonel, *monol.*
La Queue, *monologue*
Idylle, *monologue*
Extase, *monologue*
La Visite, *monologue*
L'Instant psychologique
Chez la Boulangère, *monol.*
Les Chats
Les Grues
Sourde comme un pot, *monologue.*
Un Cocher inquiet, *monologue*
Souvenir de Vendanges, *monologue.*
La Statuette, *monologue.*
Le Turc, *monologue.*
Le Chiffre de la Baronne

Chaque 0.35 net

Collection on ne peut plus grivoise.

Marcel LABBÉ, Editeur, 20, Rue du Croissant, Paris (2me)

LES ANTINEURASTHÉNIQUES
Monologues Rabelaisiens.

3972

Le Paradis d'en face

Saint Joseph s'embêtait au ciel
Et, voulant raconter ses peines,
Il vint trouver l'Père Eternel
Qui lui d'manda : Qu'est-c' qui t'amène...?
La charpente ne va donc plus ?
Joseph répond d'un air confus :
— Très Haut, j'vais vous vider mon âme,
J'trouv' qu'ici, ça manqu' de femmes
Et j'ai résolu, de ce pas,
D'aller m'prom'ner à l'Olympia...
C'est comme un désir qui me cuit
Donnez-moi permission d'la nuit !
En entendant cette parole :
Le bon Dieu lui dit : Tu rigoles !
Tu compromettrais la maison,
Et d'puis quéqu' temps j'ai des raisons
Pour qu'on prêche le bon exemple.
Et sa voix devenant plus ample
Il conclut : Joseph, mon garçon,
Tu te conduis comme un cochon !
Saint Joseph bondit sous l'injure
Et lui dit : Bon Dieu, je vous jure
Que si vous r'fusez ma permission,
Quoi que l'on dise et quoi qu'on fasse,
Je r'prends ma femme et mon lardon
Et j'monte un Paradis en face !

PLÉBUS et WILL.

M. L. 7.690 M. LABBÉ, édit^r, 20, Rue du Croissant, Paris

La Méprise de Melle de Beaupétard

Monologue de PLÉBUS et WILL

Paris — Marcel LABBÉ, Editeur
20, Rue du Croissant (IIme)

Imp. H. Minot, Paris

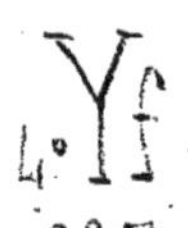

Prix net : 0.35

LES ANTINEURASTHÉNIQUES
Monologues Rabelaisiens.

La méprise de Mlle de Beaupétard

3968

Un soir un jeune homme s'amusant
Rencontre, au Café du Croissant,
Un' demi-mondaine capiteuse
Et lui dit : J'veux vous rendre heureuse !
— Oh ! mon cher, il ne tient qu'à vous
Répliqua cell'-ci d'un air doux
Et je suis certaine qu'en somme
Vous vous montrerez gentilhomme !
Je m'appell' Lili d'Beaupétard
Et le mien n'est jamais en r'tard...
Vous pourrez vous en rendre compte
Marché conclu... Le jeune homm' monte
Chez la d'moisell', rue du Sentier,
Et n'fait pas les choses à moitié !...
Le lend'main matin dès l'aurore
La Beaupétard dormant encore
Notre homm' se lève tout douc'ment
Enfile sans bruit ses vêtements
Tire d'sa poche son port'-monnaie,
Laisse trent' francs sur la ch'minée,
Ouvre la porte et f... son camp...
Lili d'Beaupétard s'réveillant
Entre dans un' colère atroce :
— Trente francs, ça c'est vraiment rosse
Et si je retrouv' mon client
Je vais lui démolir les dents.
Or le soir même, Plac' de la Bourse,
Le jeune homm' faisant une course
Marchait vit' pour n'êtr' pas en r'tard
Et tombe just' sur la Beaupétard !
— Oh ! cher ami, s'écria-t-elle,
C'matin votre erreur fut cruelle
Vous n'avez laissé que trent' francs ;
C'était pour la bonn' sûrement
J'les lui ai donnés immédiatement...
Vous allez réparer bien vite
Un' faute qui n'aura pas d'suite...
— Chèr' Madam', réplique aussitôt
Le jeune homm' je n'suis pas un sot
Chaque fois que j'fais quelqu' chose
C'est en réfléchissant, j' suppose...
Votre bonn' vous doit de l'argent
Si vous lui avez donné trent' francs !
Dans le partage il y a mal donne...
Car sur cette somme, entre nous,
J'destinais vingt francs à la bonne
Et seulement dix francs pour vous !

PLÉBUS et WILL.

M. L. 7.652 M. LABBÉ, édit^r^, 20, Rue du Croissant, Paris

Succès des Phonographes

Répertoire Charlus

MONOLOGUES GRIVOIS

1. Amour à tous les étages (l')
2. Amour et nécessité
3. A part ça ça s'est bien passé
4. Bas de Jeanneton (les)
5. Charge du Colonel (la)
6. Chez la Boulangère
7. Chiffre de la baronne (le)
8. Culotte de Rose (la)
9. Désillusion
10. Elles en veulent
11. Extase
12. Fiancé épaté (un)
13. Galant bandit (le)
14. Histoire palpitante (une)
15. Idylle
16. Interprétation
17. Légumophonie
18. Logique fin-de-siècle
19. Méprise
20. Motif (le)
21. Onguent (l')
22. Parfait accord
23. Pilules Groscolard (grand succès)
24. Post Scriptum
25. Poule (la)
26. Protocole à Bibi
27. Queue (la)
28. Récit du Général (grand succès)
29. Revanche du corbeau (acc. Angl)
30. Réveil-matin (le)
31. Simple oubli
32. Simple vengeance
33. Songe de ma femme
34. Sourde comme un pot
35. Souvenir de vendange
36. Statuette (la) grand succès
37. Un cocher inquiet
38. Viatique (le)
39. Visite (la) ou les 2 jumeaux
40. Visite du Major (la)
41. Voyez nouveautés
42. Y'a qu'des gueulards

Chaque : 0.35 net — Par Série de 20 exemplaires : 5 fr. net

CHANSONNETTES GRIVOISES

1. Ah ! les amants
2. Auberge (l')
3. Bête du bon dieu (la)
4. Bilboquet (le)
5. Carillon d'Amour
6. Chats (les)
7. Clef du paradis (la)
8. Descente en cave
9. Deux soldats
10. Drôle de couvent (un)
11. En revenant du bois de Vincennes
12. Femme du roulier (la)
13. Flageolet (le)
14. Gaule (la)
15. Grues (les)
16. Honneur de Margoton
17. Instants psychologiques
18. Joueur de Luth
19. Journée de Printemps
20. Me Cardinal au ch^t de lutte 0.50
21. Madame Putiphar
22. Maire d'Eu (le)
23. Maraichère (la)
24. Mon frère
25. Mon morceau de musique
26. Mon zipholo
27. Montagne où je suis né (la)
28. Morceau détaché
29. Noël gaulois
30. Pancartes (les)
31. Petites chatteries (les)
32. Préfecture d'amour
33. Ritanton larirette
34. Tribulations d'un pipelet
35. Un doigt de cour
36. Voyage au Japon

Chant seul : 0.35 net — Piano et Chant : 1.70 net

NOUVELLES CHANSONS et CHANSONNETTES COMIQUES

1. A la future exposition
2. Alliances de Guillaume II 0.50
3. Arrestation (l')
4. Baigneuse de Beaucaire (la)
5. Barbe et la jambe (la)
6. Bon pour la santé
7. Cake-Walk (le)
8. Ça marche bien
9. Cheval récalcitrant (le)
10. Choix d'une Cocotte (le)
11. Comment on fait une chanson
12. Conquête ratée
13. Duel de Bridou (le)
14. Elle est petite main
15. Enfants et les pères (les)
16. Et ta sœur
17. Fille de Parthenay (la)
18. Garde-champêtre (le) *ou* J'vous-y prends
19. Histoire de Malborough *(par un Anglais)*
20. J'te l'avais dit
21. Je voudrais être président
22. Lafontaine à Paris
23. Liberté, égalité, fraternité
24. Ménétrier Thomas
25. Microbomanie
26. Modern lanciers
27. Modernes sérénades
28. Moto-Gourde (le)
29. Ode au chameau
30. On les blague
31. Pari nouveau jeu (un)
32. Petite commerçante (la)
33. Petit bleu (le)
34. Petite Monique (la)
35. Petites semaines (les)
36. Première passion
37. Printemps s'avance
38. Refrains improvisés
39. Réponse à tout
40. Ronde des facteurs (la)
41. Saisons dangereuses
42. Samedi (le)
43. Secrets du Jiu-Jitsu (les)
44. Tabac du Capitaine
45. Toutes les deux
46. Trop nerveux
47. Un coup de soleil *(avec sifflet)*
48. Viens-nous en (grand succès)
49. Viens poupoule (grand succès)
50. Y a quéqu'un dans l'armoire
51. Réplique imprévue
52. L'Anguille
53. Fille à Jean-Pierre (la)
54. Noces de Fanchette (les)

Chant seul : 0.35 — Piano et Chant : 1.70 net

ENVOI CONTRE MANDAT OU TIMBRES-POSTE

La Maison fournit la musique de n'importe quel éditeur. — On n'expédie pas contre remboursement.

SOCIÉTÉ ANONYME DU NOUVEAU RÉPERTOIRE DES CONCERTS DE PARIS

MARCEL LABBÉ, Éditeur, 20, Rue du Croissant, Paris

Imp. H. Minot, 4, rue Camille-Tahan, Paris.

Monologue de PLÉBUS et WILL

Paris — Marcel LABBÉ, Editeur
20, Rue du Croissant (IIme)

Imp. H. Minot, Paris

Prix net : 0.35

LES ANTINEURASTHÉNIQUES

Monologues Rabelaisiens.

3988

Manneken-Piss negre

On ne devrait faire aux enfants
Nulle peine, même légère,
Mais quelquefois ces innocents
Ont un jugement téméraire.
Charbonniers ! Marchands de couleurs
Pour vous je conte cette histoire
Qui sans être la mer à boire,
Vous laissera un peu rêveurs.
Posé le long d'un' devanture
Un nègre un jour se soulageait
D'un air plein de désinvolture,
Franchement c'était du toupet.
Tenant par la main sa fillette
Une dame s'apercevait
Que celle-ci tournait la tête
Bien plus souvent qu'il ne fallait.
— Que regardes-tu, ma Céline ?
Lui dit sa mère gentiment
Ce n'est pas ce nègr' j'imagine
Viens, ce n'est guère intéressant !
Mais ! fit la mignonn' créature
C'est bien plus drôl' que tu ne crois
Car il fait pipi j'te l'assure
Avec un morceau d'charbon d'bois.

PLÉBUS et WILL.

M. L. 7.697 M. LABBÉ, édit^r^, 20, Rue du Croissant, Paris

Succès des Phonographes

Répertoire Charlus

MONOLOGUES GRIVOIS

1. Amour à tous les étages (l')
2. Amour et nécessité
3. A part ça ça s'est bien passé
4. Bas de Jeanneton (les)
5. Charge du Colonel (la)
6. Chez la Boulangère
7. Chiffre de la baronne (le)
8. Culotte de Rose (la)
9. Désillusion
10. Elles en veulent
11. Extase
12. Fiancé épaté (un)
13. Galant bandit (le)
14. Histoire palpitante (une)
15. Idylle
16. Interprétation
17. Légumophonie
18. Logique fin-de-siècle
19. Méprise
20. Motif (le)
21. Onguent (l')
22. Parfait accord
23. Pilules Groscolard (grand succès)
24. Post Scriptum
25. Poule (la)
26. Protocole à Bibi
27. Queue (la)
28. Récit du Général (grand succès)
29. Revanche du corbeau (acc. Angl)
30. Réveil-matin (le)
31. Simple oubli
32. Simple vengeance
33. Songe de ma femme
34. Sourde comme un pot
35. Souvenir de vendange
36. Statuette (la) grand succès
37. Un cocher inquiet
38. Viatique (le)
39. Visite (la) ou les 2 jumeaux
40. Visite du Major (la)
41. Voyez nouveautés
42. Y'a qu'des gueulards

Chaque : 0.35 net — Par Série de 20 exemplaires : 5 fr. net

CHANSONNETTES GRIVOISES

1. Ah ! les amants
2. Auberge (l')
3. Bête du bon dieu (la)
4. Bilboquet (le)
5. Carillon d'Amour
6. Chats (les)
7. Clef du paradis (la)
8. Descente en cave
9. Deux soldats
10. Drôle de couvent (un)
11. Enrevenant du bois de Vincennes
12. Femme du roulier (la)
13. Flageolet (le)
14. Gaule (la)
15. Grues (les)
16. Honneur de Margoton
17. Instants psychologiques
18. Joueur de Luth
19. Journée de Printemps
20. Mᵉ Cardinal au chᵗ de lutte 0.50
21. Madame Putiphar
22. Maire d'Eu (le)
23. Maraichère (la)
24. Mon frère
25. Mon morceau de musique
26. Mon zipholo
27. Montagne où je suis né (la)
28. Morceau détaché
29. Noël gaulois
30. Pancartes (les)
31. Petites chatteries (les)
32. Préfecture d'amour
33. Ritanton larirette
34. Tribulations d'un pipelet
35. Un doigt de cour
36. Voyage au Japon

Chant seul : 0.35 net — Piano et Chant : 1.70 net

NOUVELLES CHANSONS et CHANSONNETTES COMIQUES

1. A la future exposition
2. Alliances de Guillaume II 0.50
3. Arrestation (l')
4. Baigneuse de Beaucaire (la)
5. Barbe et la jambe (la)
6. Bon pour la santé
7. Cake-Walk (le)
8. Ça marche bien
9. Cheval récalcitrant (le)
10. Choix d'une Cocotte (le)
11. Comment on fait une chanson
12. Conquête ratée
13. Duel de Bridou (le)
14. Elle est petite main
15. Enfants et les pères (les)
16. Et ta sœur
17. Fille de Parthenay (la)
18. Garde-champêtre (le) *ou* J'vous y prends
19. Histoire de Malborough *(par un Anglais)*
20. J'te l'avais dit
21. Je voudrais être président
22. Lafontaine à Paris
23. Liberté, égalité, fraternité
24. Ménétrier Thomas
25. Microbomanie
26. Modern lanciers
27. Modernes sérénades
28. Moto-Gourde (le)
29. Ode au chameau
30. On les blague
31. Pari nouveau jeu (un)
32. Petite commerçante (la)
33. Petit bleu (le)
34. Petite Monique (la)
35. Petites semaines (les)
36. Première passion
37. Printemps s'avance
38. Refrains improvisés
39. Réponse à tout
40. Ronde des facteurs (la)
41. Saisons dangereuses
42. Samedi (le)
43. Secrets du Jiu-Jitsu (les)
44. Tabac du Capitaine
45. Toutes les deux
46. Trop nerveux
47. Un coup de soleil *(avec sifflet)*
48. Viens-nous en (grand succès)
49. Viens poupoule (grand succès)
50. Y a quéqu'un dans l'armoire
51. Réplique imprévue
52. L'Anguille
53. Fille à Jean-Pierre (la)
54. Noces de Fanchette (les)

Chant seul : 0.35 — Piano et Chant : 1.70 net

ENVOI CONTRE MANDAT OU TIMBRES-POSTE

La Maison fournit la musique de n'importe quel éditeur. — On n'expédie pas contre remboursement.

SOCIÉTÉ ANONYME DU NOUVEAU RÉPERTOIRE DES CONCERTS DE PARIS

MARCEL LABBÉ, Éditeur, 20, Rue du Croissant, Paris

Imp. H. Minot, 4, rue Camille-Tahan, Paris.

MADAME ! REMETTEZ-NOUS ÇA !

CURES de GAITÉ
sur
232 ARABES atteints
de NEURASTHENIE
231 GUÉRIS

DILATATION DU
ET DE LA RATE
VIGUEUR NOUVELLE R
AUX AFFAIBLIS
UNE SÉANCE
DISCRÉTION

Monologue de PLÉBUS et WILL

Paris — Marcel LABBÉ, Editeur
20, Rue du Croissant (IIme)

Imp. H. Minot, Paris

Prix net : 0.35

Les Antineurasthéniques

MONOLOGUES RABELAISIENS

DE

Plébus et Will

EN DEUX SÉRIES

« *Les seuls qui m'ont fait rire* ».
Henri BRISSON.
(Gazette de France, 1907).

« *Guérison certaine de cette terrible affection après lecture* ».
Un millier d'attestations.

Chaque Monologue : 0.35 net

1re SÉRIE
Illustrations Comiques de POUSTHOMIS

Les Dix francs du Vieux Monsieur
Le Vicaire de Saint-Chauffematuile
La Pucelle de Tabarin
Les deux figues d'Ursule
Le Gros et le Petit
Lamentations d'un Lutteur
La Gaule et les Noix
Devant..... Derrière
Mannken-Piss Nègre
L'Horloge de Pétauvent
Les Virginités de Nénette
Comme les Chiens

2me SÉRIE
Illustrations Comiques de PIDOT

Un motif aux Petits Oignons
Madame remettez-nous ça
Le Bidet de Mlle de Cuissefolle
Le Crû de Monsieur Baizemon
Une Langue en danger
L'Asperge de Monsieur Beaublair
La méprise de Mlle de Beaupétard
Par le bas du dos
Un Satyre sous un Tunnel
Histoire d'un Cou de Poulet
Le Paradis d'en face
La Pétarade de Chaudepanse

LES DESSERTS GRIVOIS

20 Monologues pour Hommes, par E. RAYEL, en deux Séries de 10 chacune.

1re Série

Le Réveil-Matin ou *Le Ressort à graisser.*
Un Fiancé épaté ou *Les Derniers outrages.*
Le Motif ou *La Demoiselle un peu vieille.*
Le Songe de ma Femme ou *L'Oiseau du Mari.*
La Culotte de Rose ou *La Porte fermée.*
Parfait Accord ou *Le Coup double.*
Méprise ou *Rentrer et Sortir.*
Le Viatique ou *L'Evêque fatigué.*
Simple Vengeance ou *Changement de Peau.*
L'Amour à tous les étages ou *La Demoiselle agitée.*

2me Série

Les Bas de Jeanneton ou *Plus haut que ça*
La Poule ou *Les deux Œufs du Cycliste*
Logique Fin de Siècle ou *Une Femme pas chère*
Désillusion ou *L'Amour perd son temps.*
Simple oubli ou *Le Parfum n'enlève pas l'odeur.*
Le Récit du Général ou *Une Vie en danger.*
Interprétation ou *Une Anglaise qui n'est pas froide.*
Légumophonie ou *Une Conversation jardinière.*
Le Galant Bandit ou *Le Révolver à six coups.*
Amour et Nécessité ou *Une Jeune fille pressée.*

Chaque Monologue 0.35 net

CHANSONS GAULOISES de G. de NOLA

La Gaule
Noël Gaulois
Mon Frère
Descente en Cave
Madame Putiphar
L'Auberge
La Maraîchère
La Femme du Roulier
Le Carillon d'Amour
Les deux Soldats
Morceau détaché

Mon morceau de musique
Un Doigt de Cour
Le Joueur de Luth
Journée de Printemps
L'Onguent, *monologue*
La Charge du Colonel, *monol.*
La Queue, *monologue*
Idylle, *monologue*
Extase, *monologue*
La Visite, *monologue*
L'Instant psychologique

Chez la Boulangère, *monol.*
Les Chats
Les Grues
Sourde comme un pot, *monologue.*
Un Cocher inquiet, *monologue*
Souvenir de Vendanges, *monologue.*
La Statuette, *monologue.*
Le Turc, *monologue.*
Le Chiffre de la Baronne

Chaque 0.35 net

Collection on ne peut plus grivoise.

Marcel LABBÉ, Editeur, 20, Rue du Croissant, Paris (2me)

Madame, remettez-nous ça !

Une hétaïre à bon marché
Vendeuse d'amour manuel
Accosta un Monsieur sensuel...
Le malheureux fut aguiché.
Minuit sonnaient, c'est une excuse...
Sur les quais au bout d'un instant
Elle causait à son client
A la façon d'Charlot s'amuse.
Tout à coup quelqu'un vint sur eux :
— Ah ! fit-ell', je n'ai pas de veine
C'est mon habitué Eugène !
Pour moi, c'est un client sérieux.
Il ne voudra jamais attendre,
C'est un garçon toujours pressé
Mignon, permets-moi de le prendre
En mêm' temps qu'toi, sans te froisser !
Ah ! dit l'passant, ça n'me gêne pas !
Alors elle appela Eugène
Présentation, mêm' jeu de scène,
En même temps mêmes ébats...
Ensuite Eugène dit tout bas :
Sortant un' pièc' de sa culotte :
— Puisque je vous ai dérangé
C'est moi qui doit payer la note !
— Mais vous êtes mon invité
Dit le premier, que fait's vous là ?
Et se tournant vers la moukeire
Il lui dit : Vivement, ma chère,
C'est ma tournée ! R'mettez-nous ça !

PLÉBUS et WILL.

M. L. 7.686 M. LABBÉ, édit^{r}, 20, Rue du Croissant, Paris

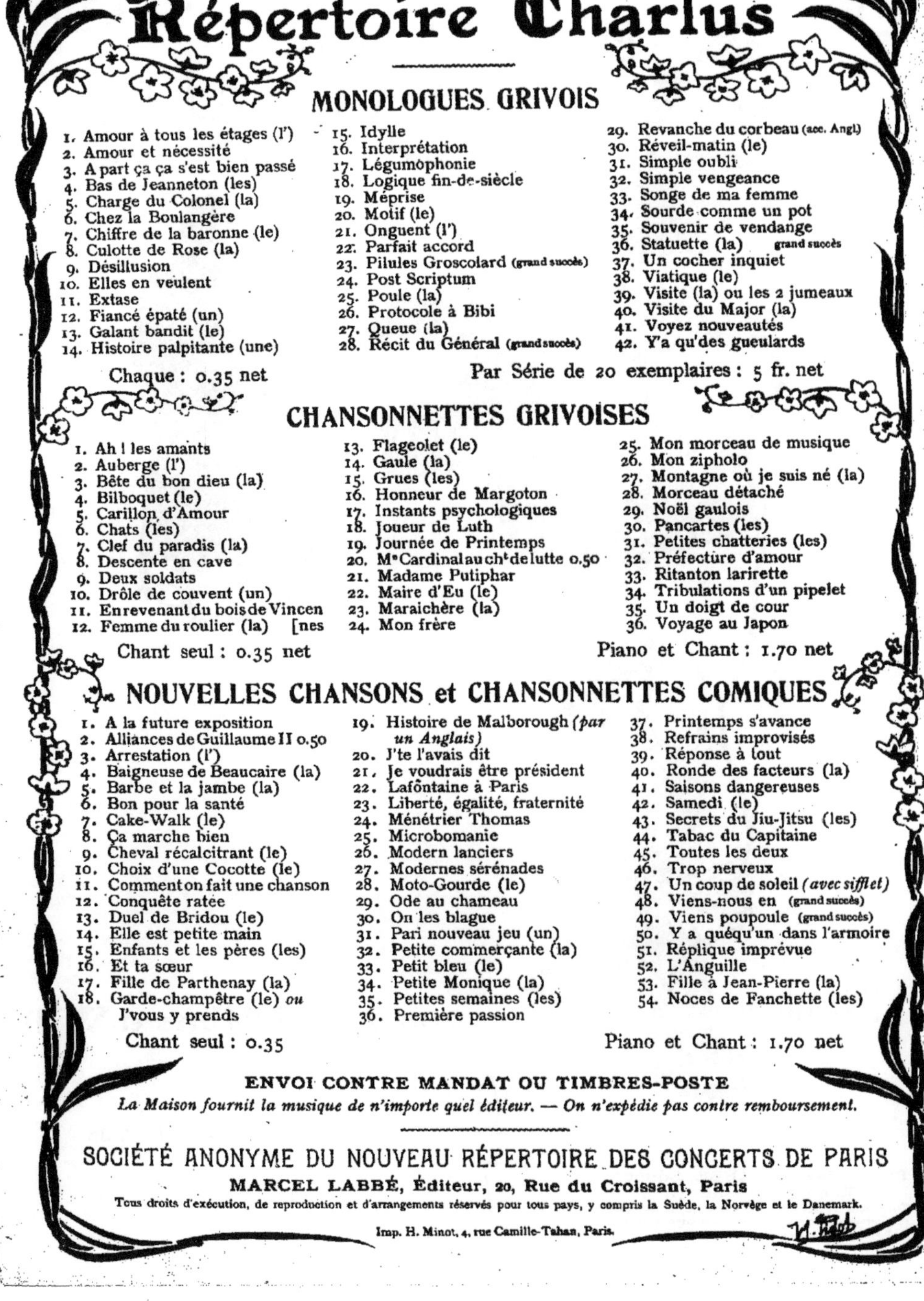

Succès des Phonographes

Répertoire Charlus

MONOLOGUES GRIVOIS

1. Amour à tous les étages (l')
2. Amour et nécessité
3. A part ça ça s'est bien passé
4. Bas de Jeanneton (les)
5. Charge du Colonel (la)
6. Chez la Boulangère
7. Chiffre de la baronne (le)
8. Culotte de Rose (la)
9. Désillusion
10. Elles en veulent
11. Extase
12. Fiancé épaté (un)
13. Galant bandit (le)
14. Histoire palpitante (une)
15. Idylle
16. Interprétation
17. Légumophonie
18. Logique fin-de-siècle
19. Méprise
20. Motif (le)
21. Onguent (l')
22. Parfait accord
23. Pilules Groscolard (grand succès)
24. Post Scriptum
25. Poule (la)
26. Protocole à Bibi
27. Queue (la)
28. Récit du Général (grand succès)
29. Revanche du corbeau (acc. Angl)
30. Réveil-matin (le)
31. Simple oubli
32. Simple vengeance
33. Songe de ma femme
34. Sourde comme un pot
35. Souvenir de vendange
36. Statuette (la) grand succès
37. Un cocher inquiet
38. Viatique (le)
39. Visite (la) ou les 2 jumeaux
40. Visite du Major (la)
41. Voyez nouveautés
42. Y'a qu'des gueulards

Chaque : 0.35 net

Par Série de 20 exemplaires : 5 fr. net

CHANSONNETTES GRIVOISES

1. Ah ! les amants
2. Auberge (l')
3. Bête du bon dieu (la)
4. Bilboquet (le)
5. Carillon d'Amour
6. Chats (les)
7. Clef du paradis (la)
8. Descente en cave
9. Deux soldats
10. Drôle de couvent (un)
11. En revenant du bois de Vincen[nes]
12. Femme du roulier (la)
13. Flageolet (le)
14. Gaule (la)
15. Grues (les)
16. Honneur de Margoton
17. Instants psychologiques
18. Joueur de Luth
19. Journée de Printemps
20. Mᵉ Cardinal au chᵗ de lutte 0.50
21. Madame Putiphar
22. Maire d'Eu (le)
23. Maraichère (la)
24. Mon frère
25. Mon morceau de musique
26. Mon zipholo
27. Montagne où je suis né (la)
28. Morceau détaché
29. Noël gaulois
30. Pancartes (les)
31. Petites chatteries (les)
32. Préfecture d'amour
33. Ritanton larirette
34. Tribulations d'un pipelet
35. Un doigt de cour
36. Voyage au Japon

Chant seul : 0.35 net

Piano et Chant : 1.70 net

NOUVELLES CHANSONS et CHANSONNETTES COMIQUES

1. A la future exposition
2. Alliances de Guillaume II 0.50
3. Arrestation (l')
4. Baigneuse de Beaucaire (la)
5. Barbe et la jambe (la)
6. Bon pour la santé
7. Cake-Walk (le)
8. Ça marche bien
9. Cheval récalcitrant (le)
10. Choix d'une Cocotte (le)
11. Comment on fait une chanson
12. Conquête ratée
13. Duel de Bridou (le)
14. Elle est petite main
15. Enfants et les pères (les)
16. Et ta sœur
17. Fille de Parthenay (la)
18. Garde-champêtre (le) *ou* J'vous y prends
19. Histoire de Malborough *(par un Anglais)*
20. J'te l'avais dit
21. Je voudrais être président
22. Lafontaine à Paris
23. Liberté, égalité, fraternité
24. Ménétrier Thomas
25. Microbomanie
26. Modern lanciers
27. Modernes sérénades
28. Moto-Gourde (le)
29. Ode au chameau
30. On les blague
31. Pari nouveau jeu (un)
32. Petite commerçante (la)
33. Petit bleu (le)
34. Petite Monique (la)
35. Petites semaines (les)
36. Première passion
37. Printemps s'avance
38. Refrains improvisés
39. Réponse à tout
40. Ronde des facteurs (la)
41. Saisons dangereuses
42. Samedi (le)
43. Secrets du Jiu-Jitsu (les)
44. Tabac du Capitaine
45. Toutes les deux
46. Trop nerveux
47. Un coup de soleil *(avec sifflet)*
48. Viens-nous en (grand succès)
49. Viens poupoule (grand succès)
50. Y a quéqu'un dans l'armoire
51. Réplique imprévue
52. L'Anguille
53. Fille à Jean-Pierre (la)
54. Noces de Fanchette (les)

Chant seul : 0.35

Piano et Chant : 1.70 net

ENVOI CONTRE MANDAT OU TIMBRES-POSTE

La Maison fournit la musique de n'importe quel éditeur. — On n'expédie pas contre remboursement.

SOCIÉTÉ ANONYME DU NOUVEAU RÉPERTOIRE DES CONCERTS DE PARIS

MARCEL LABBÉ, Éditeur, 20, Rue du Croissant, Paris

Imp. H. Minot, 4, rue Camille-Tahan, Paris.

LAMENTATIONS D'UN LUTTEUR

L. POUSTHOMIS

Monologue de **Plébus** et **Will**

Prix net : 0.35

Paris — Marcel LABBÉ, Editeur
20, Rue du Croissant (IIme)

Imp. H. Minot, Paris

Les Antineurasthéniques

MONOLOGUES RABELAISIENS

DE

« *Les seuls qui m'ont fait rire* ».
Henri BRISSON
(Gazette de France, 1907).

Plébus et Will

EN DEUX SÉRIES

« *Guérison certaine de cette terrible affection après lecture* ».
Un millier d'attestations.

Chaque Monologue : 0.35 net

1re SÉRIE

Illustrations Comiques de POUSTHOMIS

Les Dix francs du Vieux Monsieur
Le Vicaire de Saint-Chauffematuile
La Pucelle de Tabarin
Les deux figues d'Ursule
Le Gros et le Petit
Lamentations d'un Lutteur
La Gaule et les Noix
Devant..... Derrière
Mannken-Piss Nègre
L'Horloge de Pétauvent
Les Virginités de Nénette
Comme les Chiens

2me SÉRIE

Illustrations Comiques de PIDOT

Un motif aux Petits Oignons
Madame remettez-nous ça
Le Bidet de Mlle de Cuissefolle
Le Crû de Monsieur Baizemon
Une Langue en danger
L'Asperge de Monsieur Beaublair
La méprise de Mlle de Beaupétard
Par le bas du dos
Un Satyre sous un Tunnel
Histoire d'un Cou de Poulet
Le Paradis d'en face
La Pétarade de Chaudepanse

LES DESSERTS GRIVOIS

20 Monologues pour Hommes, par E. RAYEL, en deux Séries de 10 chacune.

1re Série

Le Réveil-Matin ou *Le Ressort à graisser.*
Un Fiancé épaté ou *Les Derniers outrages.*
Le Motif ou *La Demoiselle un peu vieille.*
Le Songe de ma Femme ou *L'Oiseau du Mari.*
La Culotte de Rose ou *La Porte fermée.*
Parfait Accord ou *Le Coup double.*
Méprise ou *Rentrer et Sortir.*
Le Viatique ou *L'Evêque fatigué.*
Simple Vengeance ou *Changement de Peau.*
L'Amour à tous les étages ou *La Demoiselle agitée.*

Chaque Monologue 0.35 net

2me Série

Les Bas de Jeanneton ou *Plus haut que ça*
La Poule ou *Les deux Œufs du Cycliste*
Logique Fin de Siècle ou *Une Femme pas chère*
Désillusion ou *L'Amour perd son temps.*
Simple oubli ou *Le Parfum n'enlève pas l'odeur.*
Le Récit du Général ou *Une Vie en danger.*
Interprétation ou *Une Anglaise qui n'est pas froide.*
Légumophonie ou *Une Conversation jardinière.*
Le Galant Bandit ou *Le Revolver à six coups.*
Amour et Nécessité ou *Une Jeune fille pressée.*

CHANSONS GAULOISES de G. de NOLA

La Gaule
Noël Gaulois.
Mon Frère
Descente en Cave
Madame Putiphar
L'Auberge
La Maraîchère
La Femme du Roulier
Le Carillon d'Amour
Les deux Soldats
Morceau détaché

Chaque 0.35 net

Mon morceau de musique
Un Doigt de Cour
Le Joueur de Luth
Journée de Printemps
L'Onguent, *monologue*
La Charge du Colonel, *monol.*
La Queue, *monologue*
Idylle, *monologue*
Extase, *monologue*
La Visite, *monologue*
L'Instant psychologique

Chez la Boulangère, *monol.*
Les Chats
Les Grues
Sourde comme un pot, *monologue.*
Un Cocher inquiet, *monologue*
Souvenir de Vendanges, *monologue.*
La Statuette, *monologue.*
Le Turc, *monologue.*
Le Chiffre de la Baronne

Collection on ne peut plus grivoise.

Marcel LABBÉ, Editeur, 20, Rue du Croissant, Paris (2me)

LES ANTINEURASTHÉNIQUES
Monologues Rabelaisiens.

3918

Les lamentations d'un lutteur

Ma femm' se cassa la binette
En essayant le grand écart,
Ça m'a fait de la peine, car
Ell' turbinait comme un athlète.

Sa sœur Olymp', la disloquée,
Se fit ramasser l'autre soir
En faisant le truc sur l'trottoir.
J'la regrett' pas, c'était un' toquée !

Sa p'tit' gosse est à Saint-Lazare
Ell' n'a pas su s'tirer des pieds
Du bois d'Vincenn's où, chos' bizarre,
Ell' taillait la barbe aux troupiers !

Mon frèr', l'Hercul' de la montagne
Qu'avait tout un passé d'honneur
D'puis l'an dernier, il est au bagne
Pour attentat à la pudeur !

Et son p'tit môm', le clown Émile,
Un agent des mœurs le pinça
En train d'jouer à j'tap' dans l'mille
Avec un vieux qu'aimait c'truc-là !

Mais tout ça j'm'en fous, c'est pleuré !
Y a plus qu'une chos' qui me nav'e
C'est que mon fils, l'aîné, Gustave,
Le cochon, i' s'est fait curé !

PLÉBUS et WILL.

M. L. 7.687 M. LABBÉ, édit^{r}, 20, Rue du Croissant, Paris

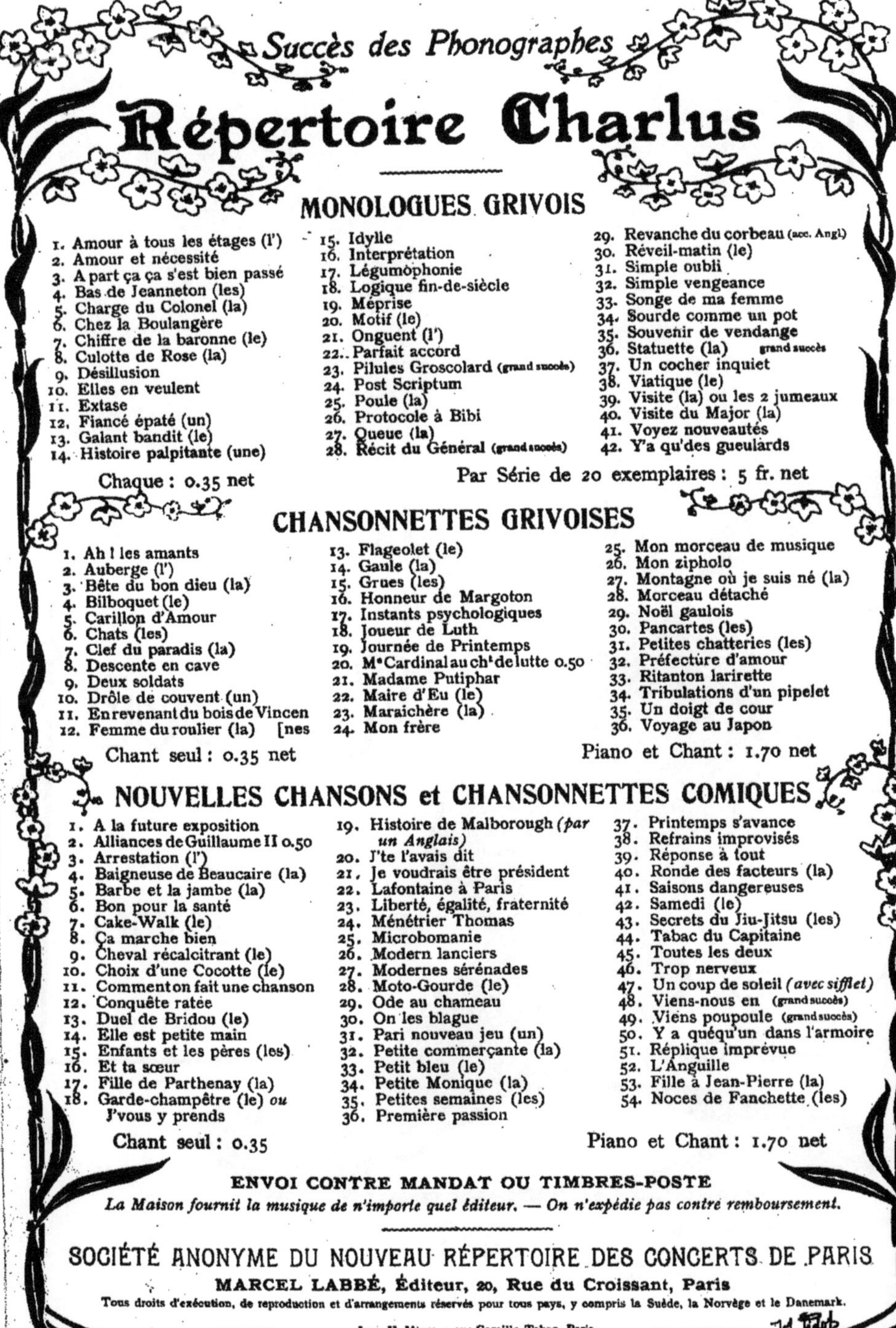

Succès des Phonographes

Répertoire Charlus

MONOLOGUES GRIVOIS

1. Amour à tous les étages (l')
2. Amour et nécessité
3. A part ça ça s'est bien passé
4. Bas de Jeanneton (les)
5. Charge du Colonel (la)
6. Chez la Boulangère
7. Chiffre de la baronne (le)
8. Culotte de Rose (la)
9. Désillusion
10. Elles en veulent
11. Extase
12. Fiancé épaté (un)
13. Galant bandit (le)
14. Histoire palpitante (une)
15. Idylle
16. Interprétation
17. Légumophonie
18. Logique fin-de-siècle
19. Méprise
20. Motif (le)
21. Onguent (l')
22. Parfait accord
23. Pilules Groscolard (grand succès)
24. Post Scriptum
25. Poule (la)
26. Protocole à Bibi
27. Queue (la)
28. Récit du Général (grand succès)
29. Revanche du corbeau (acc. Angl.)
30. Réveil-matin (le)
31. Simple oubli
32. Simple vengeance
33. Songe de ma femme
34. Sourde comme un pot
35. Souvenir de vendange
36. Statuette (la) grand succès
37. Un cocher inquiet
38. Viatique (le)
39. Visite (la) ou les 2 jumeaux
40. Visite du Major (la)
41. Voyez nouveautés
42. Y'a qu'des gueulards

Chaque : 0.35 net

Par Série de 20 exemplaires : 5 fr. net

CHANSONNETTES GRIVOISES

1. Ah ! les amants
2. Auberge (l')
3. Bête du bon dieu (la)
4. Bilboquet (le)
5. Carillon d'Amour
6. Chats (les)
7. Clef du paradis (la)
8. Descente en cave
9. Deux soldats
10. Drôle de couvent (un)
11. En revenant du bois de Vincennes
12. Femme du roulier (la)
13. Flageolet (le)
14. Gaule (la)
15. Grues (les)
16. Honneur de Margoton
17. Instants psychologiques
18. Joueur de Luth
19. Journée de Printemps
20. Mᵉ Cardinal au chᵗ de lutte 0.50
21. Madame Putiphar
22. Maire d'Eu (le)
23. Maraichère (la)
24. Mon frère
25. Mon morceau de musique
26. Mon zipholo
27. Montagne où je suis né (la)
28. Morceau détaché
29. Noël gaulois
30. Pancartes (les)
31. Petites chatteries (les)
32. Préfecture d'amour
33. Ritanton larirette
34. Tribulations d'un pipelet
35. Un doigt de cour
36. Voyage au Japon

Chant seul : 0.35 net

Piano et Chant : 1.70 net

NOUVELLES CHANSONS et CHANSONNETTES COMIQUES

1. A la future exposition
2. Alliances de Guillaume II 0.50
3. Arrestation (l')
4. Baigneuse de Beaucaire (la)
5. Barbe et la jambe (la)
6. Bon pour la santé
7. Cake-Walk (le)
8. Ça marche bien
9. Cheval récalcitrant (le)
10. Choix d'une Cocotte (le)
11. Comment on fait une chanson
12. Conquête ratée
13. Duel de Bridou (le)
14. Elle est petite main
15. Enfants et les pères (les)
16. Et ta sœur
17. Fille de Parthenay (la)
18. Garde-champêtre (le) *ou* J'vous y prends
19. Histoire de Malborough *(par un Anglais)*
20. J'te l'avais dit
21. Je voudrais être président
22. Lafontaine à Paris
23. Liberté, égalité, fraternité
24. Ménétrier Thomas
25. Microbomanie
26. Modern lanciers
27. Modernes sérénades
28. Moto-Gourde (le)
29. Ode au chameau
30. On les blague
31. Pari nouveau jeu (un)
32. Petite commerçante (la)
33. Petit bleu (le)
34. Petite Monique (la)
35. Petites semaines (les)
36. Première passion
37. Printemps s'avance
38. Refrains improvisés
39. Réponse à tout
40. Ronde des facteurs (la)
41. Saisons dangereuses
42. Samedi (le)
43. Secrets du Jiu-Jitsu (les)
44. Tabac du Capitaine
45. Toutes les deux
46. Trop nerveux
47. Un coup de soleil *(avec sifflet)*
48. Viens-nous en (grand succès)
49. Viens poupoule (grand succès)
50. Y a quéqu'un dans l'armoire
51. Réplique imprévue
52. L'Anguille
53. Fille à Jean-Pierre (la)
54. Noces de Fanchette (les)

Chant seul : 0.35

Piano et Chant : 1.70 net

ENVOI CONTRE MANDAT OU TIMBRES-POSTE

La Maison fournit la musique de n'importe quel éditeur. — On n'expédie pas contre remboursement.

SOCIÉTÉ ANONYME DU NOUVEAU RÉPERTOIRE DES CONCERTS DE PARIS

MARCEL LABBÉ, Éditeur, 20, Rue du Croissant, Paris

Imp. H. Minot, 4, rue Camille-Tahan, Paris.

Monologue de

PLÉBUS et WILL

Prix net : 0.35

Paris — Marcel LABBÉ, Editeur
20, Rue du Croissant (IIme)

Imp. H. Minot, Paris

LES ANTINEURASTHÉNIQUES
Monologues Rabelaisiens.

L'Horloge de Petauvent

Pétauvent ayant le nez sale
En zigzagant déambulait
Par les rues de la Capitale,
Et d'vant un' mairie s'arrêtait.
Comm' la nuit était très obscure
Il cherchait à voir le cadran...
Appuyé contre un' devanture
Notre homme ouvrait des yeux très grands
— Bing ! — A l'horloge une heur' sonna
Au même instant dans la culotte
De notre poivrot, saperlotte !
Un bruit formidabl' résonna
Pétauvent dit : C'est épatant
Maint'nant je peux dormir tranquille
Ça va bien. Je vais comm' la ville
Une heur' sonn' dans mon culbutant !

PLÉBUS et WILL.

M. L. 7.698 M. LABBÉ, édit^{r}, 20, Rue du Croissant, Paris

Succès des Phonographes

Répertoire Charlus

MONOLOGUES GRIVOIS

1. Amour à tous les étages (l')
2. Amour et nécessité
3. A part ça ça s'est bien passé
4. Bas de Jeanneton (les)
5. Charge du Colonel (la)
6. Chez la Boulangère
7. Chiffre de la baronne (le)
8. Culotte de Rose (la)
9. Désillusion
10. Elles en veulent
11. Extase
12. Fiancé épaté (un)
13. Galant bandit (le)
14. Histoire palpitante (une)
15. Idylle
16. Interprétation
17. Légumophonie
18. Logique fin-de-siècle
19. Méprise
20. Motif (le)
21. Onguent (l')
22. Parfait accord
23. Pilules Groscolard (grand succès)
24. Post Scriptum
25. Poule (la)
26. Protocole à Bibi
27. Queue (la)
28. Récit du Général (grand succès)
29. Revanche du corbeau (acc. Angl)
30. Réveil-matin (le)
31. Simple oubli
32. Simple vengeance
33. Songe de ma femme
34. Sourde comme un pot
35. Souvenir de vendange
36. Statuette (la) grand succès
37. Un cocher inquiet
38. Viatique (le)
39. Visite (la) ou les 2 jumeaux
40. Visite du Major (la)
41. Voyez nouveautés
42. Y'a qu'des gueulards

Chaque : 0.35 net — Par Série de 20 exemplaires : 5 fr. net

CHANSONNETTES GRIVOISES

1. Ah ! les amants
2. Auberge (l')
3. Bête du bon dieu (la)
4. Bilboquet (le)
5. Carillon d'Amour
6. Chats (les)
7. Clef du paradis (la)
8. Descente en cave
9. Deux soldats
10. Drôle de couvent (un)
11. En revenant du bois de Vincennes
12. Femme du roulier (la)
13. Flageolet (le)
14. Gaule (la)
15. Grues (les)
16. Honneur de Margoton
17. Instants psychologiques
18. Joueur de Luth
19. Journée de Printemps
20. Mᵉ Cardinal au chᵗ de lutte 0.50
21. Madame Putiphar
22. Maire d'Eu (le)
23. Maraichère (la)
24. Mon frère
25. Mon morceau de musique
26. Mon zipholo
27. Montagne où je suis né (la)
28. Morceau détaché
29. Noël gaulois
30. Pancartes (les)
31. Petites chatteries (les)
32. Préfecture d'amour
33. Ritanton larirette
34. Tribulations d'un pipelet
35. Un doigt de cour
36. Voyage au Japon

Chant seul : 0.35 net — Piano et Chant : 1.70 net

NOUVELLES CHANSONS et CHANSONNETTES COMIQUES

1. A la future exposition
2. Alliances de Guillaume II 0.50
3. Arrestation (l')
4. Baigneuse de Beaucaire (la)
5. Barbe et la jambe (la)
6. Bon pour la santé
7. Cake-Walk (le)
8. Ça marche bien
9. Cheval récalcitrant (le)
10. Choix d'une Cocotte (le)
11. Comment on fait une chanson
12. Conquête ratée
13. Duel de Bridou (le)
14. Elle est petite main
15. Enfants et les pères (les)
16. Et ta sœur
17. Fille de Parthenay (la)
18. Garde-champêtre (le) *ou* J'vous y prends
19. Histoire de Malborough *(par un Anglais)*
20. J'te l'avais dit
21. Je voudrais être président
22. Lafontaine à Paris
23. Liberté, égalité, fraternité
24. Ménétrier Thomas
25. Microbomanie
26. Modern lanciers
27. Modernes sérénades
28. Moto-Gourde (le)
29. Ode au chameau
30. On les blague
31. Pari nouveau jeu (un)
32. Petite commerçante (la)
33. Petit bleu (le)
34. Petite Monique (la)
35. Petites semaines (les)
36. Première passion
37. Printemps s'avance
38. Refrains improvisés
39. Réponse à tout
40. Ronde des facteurs (la)
41. Saisons dangereuses
42. Samedi (le)
43. Secrets du Jiu-Jitsu (les)
44. Tabac du Capitaine
45. Toutes les deux
46. Trop nerveux
47. Un coup de soleil *(avec sifflet)*
48. Viens-nous en (grand succès)
49. Viens poupoule (grand succès)
50. Y a quéqu'un dans l'armoire
51. Réplique imprévue
52. L'Anguille
53. Fille à Jean-Pierre (la)
54. Noces de Fanchette (les)

Chant seul : 0.35 — Piano et Chant : 1.70 net

ENVOI CONTRE MANDAT OU TIMBRES-POSTE

La Maison fournit la musique de n'importe quel éditeur. — On n'expédie pas contre remboursement.

SOCIÉTÉ ANONYME DU NOUVEAU RÉPERTOIRE DES CONCERTS DE PARIS

MARCEL LABBÉ, Éditeur, 20, Rue du Croissant, Paris

Imp. H. Minot, 4, rue Camille-Tahan, Paris.

HISTOIRE D'UN COU DE POULET

Monologue de **Plébus** et **Will**

Paris — Marcel LABBÉ, Editeur
20, Rue du Croissant (IIme)

Imp. H. Minot, Paris

Prix net : 0.35

Les Antineurasthéniques

MONOLOGUES RABELAISIENS

DE

Plébus et Will

EN DEUX SÉRIES

« *Les seuls qui m'ont fait rire* ».
Henri BRISSON
(Gazette de France, 1907).

« *Guérison certaine de cette terrible affection après lecture* ».
Un millier d'attestations.

Chaque Monologue : 0.35 net

1re SÉRIE
Illustrations Comiques de POUSTHOMIS

Les Dix francs du Vieux Monsieur
Le Vicaire de Saint-Chauffematuile
La Pucelle de Tabarin
Les deux figues d'Ursule
Le Gros et le Petit
Lamentations d'un Lutteur
La Gaule et les Noix
Devant..... Derrière
Mannken-Piss Nègre
L'Horloge de Pétauvent
Les Virginités de Nénette
Comme les Chiens

2me SÉRIE
Illustrations Comiques de PIDOT

Un motif aux Petits Oignons
Madame remettez-nous ça
Le Bidet de Mlle de Cuissefolle
Le Crû de Monsieur Baizemon
Une Langue en danger
L'Asperge de Monsieur Beaublair
La méprise de Mlle de Beaupétard
Par le bas du dos
Un Satyre sous un Tunnel
Histoire d'un Cou de Poulet
Le Paradis d'en face
La Pétarade de Chaudepanse

LES DESSERTS GRIVOIS

20 Monologues pour Hommes, par E. RAYEL, en deux Séries de 10 chacune.

1re Série

Le Réveil-Matin ou *Le Ressort à graisser.*
Un Fiancé épaté ou *Les Derniers outrages.*
Le Motif ou *La Demoiselle un peu vieille.*
Le Songe de ma Femme ou *L'Oiseau du Mari.*
La Culotte de Rose ou *La Porte fermée.*
Parfait Accord ou *Le Coup double.*
Méprise ou *Rentrer et Sortir.*
Le Viatique ou *L'Evêque fatigué.*
Simple Vengeance ou *Changement de Peau.*
L'Amour à tous les étages ou *La Demoiselle agitée.*

Chaque Monologue 0.35 net

2me Série

Les Bas de Jeanneton ou *Plus haut que ça*
La Poule ou *Les deux Œufs du Cycliste*
Logique Fin de Siècle ou *Une Femme pas chère*
Désillusion ou *L'Amour perd son temps.*
Simple oubli ou *Le Parfum n'enlève pas l'odeur.*
Le Récit du Général ou *Une Vie en danger.*
Interprétation ou *Une Anglaise qui n'est pas froide.*
Légumophonie ou *Une Conversation jardinière.*
Le Galant Bandit ou *Le Révolver à six coups.*
Amour et Nécessité ou *Une Jeune fille pressée.*

CHANSONS GAULOISES de G. de NOLA

La Gaule
Noël Gaulois
Mon Frère
Descente en Cave
Madame Putiphar
L'Auberge
La Maraîchère
La Femme du Roulier
Le Carillon d'Amour
Les deux Soldats
Morceau détaché

Chaque 0.35 net

Mon morceau de musique
Un Doigt de Cour
Le Joueur de Luth
Journée de Printemps
L'Onguent, *monologue*
La Charge du Colonel, *monol.*
La Queue, *monologue*
Idylle, *monologue*
Extase, *monologue*
La Visite, *monologue*
L'Instant psychologique

Chez la Boulangère, *monol.*
Les Chats
Les Grues
Sourde comme un pot, *monologue.*
Un Cocher inquiet, *monologue*
Souvenir de Vendanges, *monologue.*
La Statuette, *monologue.*
Le Turc, *monologue.*
Le Chiffre de la Baronne

Collection on ne peut plus grivoise.

Marcel LABBÉ, Editeur, 20, Rue du Croissant, Paris (2me)

LES ANTINEURASTHÉNIQUES

Monologues Rabelaisiens.

Histoire d'un cou de poulet

Un joyeux farceur qui voulait
Mystifier une boulangère,
Se procura pour cette affaire
Un superbe cou de poulet.
Dans l'pantalon, devinez où ?
« Un endroit qui rime avec ette »
Notre homme fit glisser la tête
En laissant dépasser le cou.
Pour aller chez sa boulangère
Il boutonna son pardessus,
Ayant l'air d'un monsieur cossu,
Il entra la marche légère,
Puis faisant l'achat d'un croissant,
D'un geste froid, plein de noblesse,
En se fouillant devant la caisse,
Il entrouvit son vêtement,
Là, l'effet fut irrésistible,
En voyant ce qui dépassait,
La boulangère rougissait
Tout en poussant un cri horrible.
Le client, ô stupéfaction
Regarda, et dit : Ma parole !
Madam' ! je vais punir ce drôle,
Car il sort sans ma permission.
Devant la dame au désespoir,
Sortant couteau de belle taille,
Il coupa le cou de volaille
Et le posa sur le comptoir...

. . . .

La boulangère fut souffrante,
Après une telle émotion,
Car elle avait la position
Que l'on appelle intéressante...
On vit, quand vint la délivrance
Un gosse aussi blanc que du lait
Mais qui possédait sous la panse
Un tout petit cou de poulet.

PLÉBUS et WILL.

M. L. 7.691 M. LABBÉ, édit^r, 20, Rue du Croissant, Paris

Succès des Phonographes

Répertoire Charlus

MONOLOGUES GRIVOIS

1. Amour à tous les étages (l')
2. Amour et nécessité
3. A part ça ça s'est bien passé
4. Bas de Jeanneton (les)
5. Charge du Colonel (la)
6. Chez la Boulangère
7. Chiffre de la baronne (le)
8. Culotte de Rose (la)
9. Désillusion
10. Elles en veulent
11. Extase
12. Fiancé épaté (un)
13. Galant bandit (le)
14. Histoire palpitante (une)
15. Idylle
16. Interprétation
17. Légumophonie
18. Logique fin-de-siècle
19. Méprise
20. Motif (le)
21. Onguent (l')
22. Parfait accord
23. Pilules Groscolard (grand succès)
24. Post Scriptum
25. Poule (la)
26. Protocole à Bibi
27. Queue (la)
28. Récit du Général (grand succès)
29. Revanche du corbeau (acc. Angl)
30. Réveil-matin (le)
31. Simple oubli
32. Simple vengeance
33. Songe de ma femme
34. Sourde comme un pot
35. Souvenir de vendange
36. Statuette (la) grand succès
37. Un cocher inquiet
38. Viatique (le)
39. Visite (la) ou les 2 jumeaux
40. Visite du Major (la)
41. Voyez nouveautés
42. Y'a qu'des gueulards

Chaque : 0.35 net — Par Série de 20 exemplaires : 5 fr. net

CHANSONNETTES GRIVOISES

1. Ah ! les amants
2. Auberge (l')
3. Bête du bon dieu (la)
4. Bilboquet (le)
5. Carillon d'Amour
6. Chats (les)
7. Clef du paradis (la)
8. Descente en cave
9. Deux soldats
10. Drôle de couvent (un)
11. En revenant du bois de Vincennes
12. Femme du roulier (la)
13. Flageolet (le)
14. Gaule (la)
15. Grues (les)
16. Honneur de Margoton
17. Instants psychologiques
18. Joueur de Luth
19. Journée de Printemps
20. Mᵉ Cardinal au ch' de lutte 0.50
21. Madame Putiphar
22. Maire d'Eu (le)
23. Maraichère (la)
24. Mon frère
25. Mon morceau de musique
26. Mon zipholo
27. Montagne où je suis né (la)
28. Morceau détaché
29. Noël gaulois
30. Pancartes (les)
31. Petites chatteries (les)
32. Préfecture d'amour
33. Ritanton larirette
34. Tribulations d'un pipelet
35. Un doigt de cour
36. Voyage au Japon

Chant seul : 0.35 net — Piano et Chant : 1.70 net

NOUVELLES CHANSONS et CHANSONNETTES COMIQUES

1. A la future exposition
2. Alliances de Guillaume II 0.50
3. Arrestation (l')
4. Baigneuse de Beaucaire (la)
5. Barbe et la jambe (la)
6. Bon pour la santé
7. Cake-Walk (le)
8. Ça marche bien
9. Cheval récalcitrant (le)
10. Choix d'une Cocotte (le)
11. Comment on fait une chanson
12. Conquête ratée
13. Duel de Bridou (le)
14. Elle est petite main
15. Enfants et les pères (les)
16. Et ta sœur
17. Fille de Parthenay (la)
18. Garde-champêtre (le) *ou* J'vous y prends
19. Histoire de Malborough *(par un Anglais)*
20. J'te l'avais dit
21. Je voudrais être président
22. Lafontaine à Paris
23. Liberté, égalité, fraternité
24. Ménétrier Thomas
25. Microbomanie
26. Modern lanciers
27. Modernes sérénades
28. Moto-Gourde (le)
29. Ode au chameau
30. On les blague
31. Pari nouveau jeu (un)
32. Petite commerçante (la)
33. Petit bleu (le)
34. Petite Monique (la)
35. Petites semaines (les)
36. Première passion
37. Printemps s'avance
38. Refrains improvisés
39. Réponse à tout
40. Ronde des facteurs (la)
41. Saisons dangereuses
42. Samedi (le)
43. Secrets du Jiu-Jitsu (les)
44. Tabac du Capitaine
45. Toutes les deux
46. Trop nerveux
47. Un coup de soleil *(avec sifflet)*
48. Viens-nous en (grand succès)
49. Viens poupoule (grand succès)
50. Y a quéqu'un dans l'armoire
51. Réplique imprévue
52. L'Anguille
53. Fille à Jean-Pierre (la)
54. Noces de Fanchette (les)

Chant seul : 0.35 — Piano et Chant : 1.70 net

ENVOI CONTRE MANDAT OU TIMBRES-POSTE

La Maison fournit la musique de n'importe quel éditeur. — On n'expédie pas contre remboursement.

SOCIÉTÉ ANONYME DU NOUVEAU RÉPERTOIRE DES CONCERTS DE PARIS

MARCEL LABBÉ, Éditeur, 20, Rue du Croissant, Paris

Imp. H. Minot, 4, rue Camille-Tahan, Paris.

LE GROS ET LE PETIT

L. POUSTHOMIS

Monologue de

PLÉBUS et WILL

Prix net : 0.35

Paris, Marcel LABBÉ, Editeur, 20, Rue du Croissant (2e)

Imp. H. Minot, Paris

Les Antineurasthéniques

MONOLOGUES RABELAISIENS

DE

Plébus et Will

EN DEUX SÉRIES

« Les seuls qui m'ont fait rire ».
Henri BRISSON.
(Gazette de France, 1907).

« Guérison certaine de cette terrible affection après lecture ».
Un millier d'attestations.

Chaque Monologue : 0.35 net

1re SÉRIE
Illustrations Comiques de POUSTHOMIS

Les Dix francs du Vieux Monsieur
Le Vicaire de Saint-Chauffematuile
La Pucelle de Tabarin
Les deux figues d'Ursule
Le Gros et le Petit
Lamentations d'un Lutteur
La Gaule et les Noix
Devant..... Derrière
Mannken-Piss Nègre
L'Horloge de Pétauvent
Les Virginités de Nénette
Comme les Chiens

2me SÉRIE
Illustrations Comiques de PIDOT

Un motif aux Petits Oignons
Madame remettez-nous ça
Le Bidet de Mlle de Cuissefolle
Le Crû de Monsieur Baizemon
Une Langue en danger
L'Asperge de Monsieur Beaublair
La méprise de Mlle de Beaupétard
Par le bas du dos
Un Satyre sous un Tunnel
Histoire d'un Cou de Poulet
Le Paradis d'en face
La Pétarade de Chaudepanse

LES DESSERTS GRIVOIS

20 Monologues pour Hommes, par E. RAYEL, en deux Séries de 10 chacune.

1re Série

Le Réveil-Matin ou *Le Ressort à graisser.*
Un Fiancé épaté ou *Les Derniers outrages.*
Le Motif ou *La Demoiselle un peu vieille.*
Le Songe de ma Femme ou *L'Oiseau du Mari.*
La Culotte de Rose ou *La Porte fermée.*
Parfait Accord ou *Le Coup double.*
Méprise ou *Rentrer et Sortir.*
Le Viatique ou *L'Évêque fatigué.*
Simple Vengeance ou *Changement de Peau.*
L'Amour à tous les étages ou *La Demoiselle agitée.*

Chaque Monologue 0.35 net

2me Série

Les Bas de Jeanneton ou *Plus haut que ça*
La Poule ou *Les deux Œufs du Cycliste*
Logique Fin de Siècle ou *Une Femme pas chère*
Désillusion ou *L'Amour perd son temps.*
Simple oubli ou *Le Parfum n'enlève pas l'odeur.*
Le Récit du Général ou *Une Vie en danger.*
Interprétation ou *Une Anglaise qui n'est pas froide.*
Légumophonie ou *Une Conversation jardinière.*
Le Galant Bandit ou *Le Révolver à six coups.*
Amour et Nécessité ou *Une Jeune fille pressée.*

CHANSONS GAULOISES de G. de NOLA

La Gaule
Noël Gaulois
Mon Frère
Descente en Cave
Madame Putiphar
L'Auberge
La Maraîchère
La Femme du Roulier
Le Carillon d'Amour
Les deux Soldats
Morceau détaché

Mon morceau de musique
Un Doigt de Cour
Le Joueur de Luth
Journée de Printemps
L'Onguent, *monologue*
La Charge du Colonel, *monol.*
La Queue, *monologue*
Idylle, *monologue*
Extase, *monologue*
La Visite, *monologue*
L'Instant psychologique

Chez la Boulangère, *monol.*
Les Chats
Les Grues
Sourde comme un pot, *monologue.*
Un Cocher inquiet, *monologue*
Souvenir de Vendanges, *monologue.*
La Statuette, *monologue.*
Le Turc, *monologue.*
Le Chiffre de la Baronne

Chaque 0.35 net

Collection on ne peut plus grivoise.

Marcel LABBÉ, Editeur, 20, Rue du Croissant, Paris (2me)

LES ANTINEURASTHÉNIQUES

Monologues Rabelaisiens.

Le Gros et le Petit

Un soir, Madame Quiquênet,
Jeune et robuste ménagère
Avec sa voisine un' commère
Devant sa porte cancanait.
— Ah ! Mam' Battandier disait-elle,
Votre mari, c'est un défaut,
N'doit pas aimer la bagatelle,
Vous donne-t-il ce qu'il vous faut ?
Puis il est maigriot, en somme.
C'est un microbe, il est petit
Tandis que le mien, c'est un homme
Il est solide et bien bâti !
Pour moi, c'est le bonheur suprême
De posséder l'époux très fort.
Ah ! oui, j'ai une chance extrême.
Et vous devez envier mon sort
Car entre nous quell' différence
Chez moi c'est un vrai paradis
Et chez vous c'est maigre pitance...
Mais Mam' Battandier répondit :
— Tout ça ce n'est que verbiage
Mam' Quiquenet, je vous le dis...
A l'établi du mariage
Ce n'est pas le plus gros outil
Qui produit le meilleur ouvrage !

PLÉBUS et WILL.

M. L. 7.689 M. LABBÉ, édit, 20, Rue du Croissant, Paris

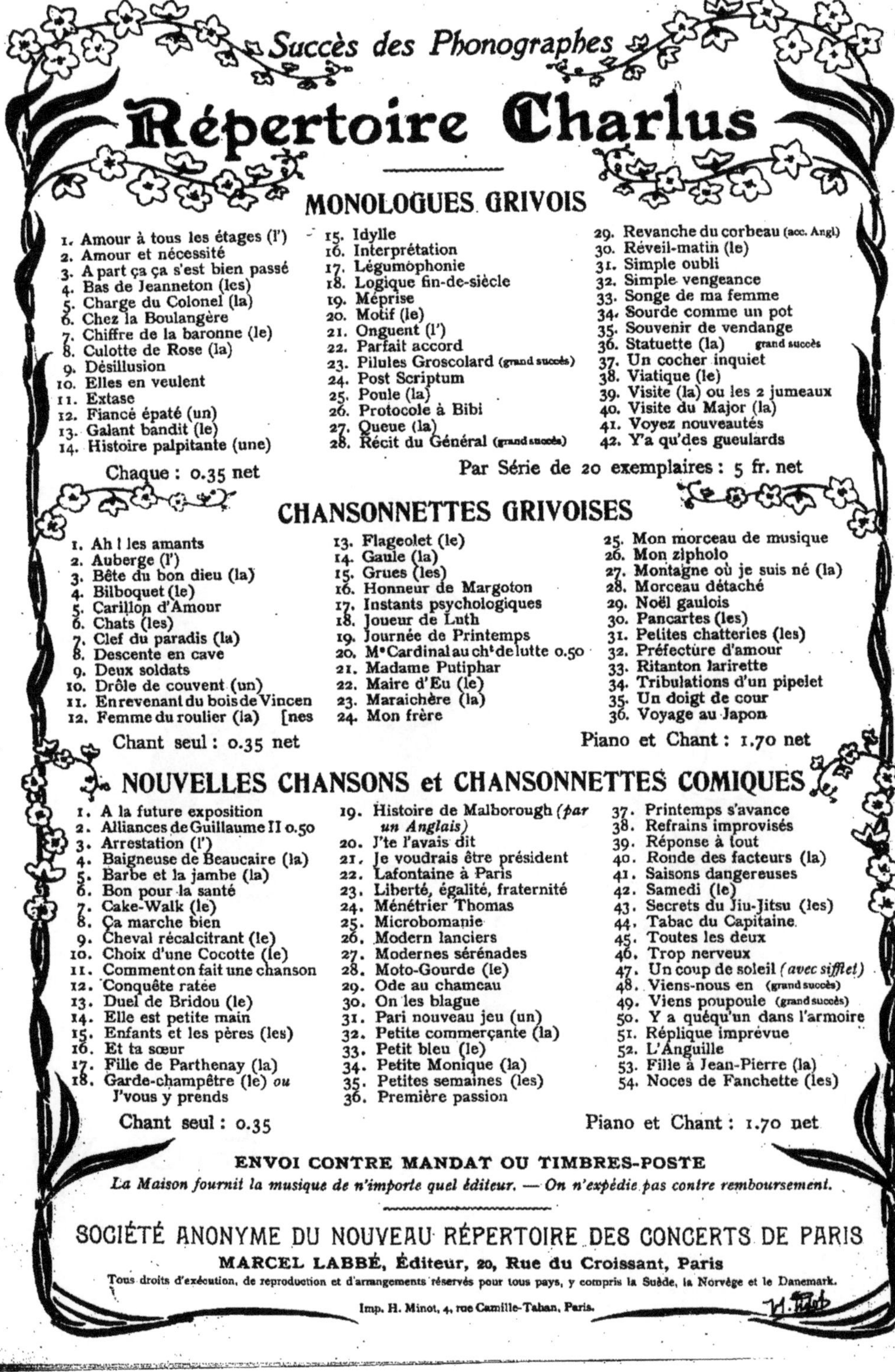
Succès des Phonographes
Répertoire Charlus
MONOLOGUES GRIVOIS
1. Amour à tous les étages (l')
2. Amour et nécessité
3. A part ça ça s'est bien passé
4. Bas de Jeanneton (les)
5. Charge du Colonel (la)
6. Chez la Boulangère
7. Chiffre de la baronne (le)
8. Culotte de Rose (la)
9. Désillusion
10. Elles en veulent
11. Extase
12. Fiancé épaté (un)
13. Galant bandit (le)
14. Histoire palpitante (une)
15. Idylle
16. Interprétation
17. Légumophonie
18. Logique fin-de-siècle
19. Méprise
20. Motif (le)
21. Onguent (l')
22. Parfait accord
23. Pilules Groscolard (grand succès)
24. Post Scriptum
25. Poule (la)
26. Protocole à Bibi
27. Queue (la)
28. Récit du Général (grand succès)
29. Revanche du corbeau (acc. Angl.)
30. Réveil-matin (le)
31. Simple oubli
32. Simple vengeance
33. Songe de ma femme
34. Sourde comme un pot
35. Souvenir de vendange
36. Statuette (la) grand succès
37. Un cocher inquiet
38. Viatique (le)
39. Visite (la) ou les 2 jumeaux
40. Visite du Major (la)
41. Voyez nouveautés
42. Y'a qu'des gueulards
Chaque : 0.35 net
Par Série de 20 exemplaires : 5 fr. net
CHANSONNETTES GRIVOISES
1. Ah ! les amants
2. Auberge (l')
3. Bête du bon dieu (la)
4. Bilboquet (le)
5. Carillon d'Amour
6. Chats (les)
7. Clef du paradis (la)
8. Descente en cave
9. Deux soldats
10. Drôle de couvent (un)
11. En revenant du bois de Vincennes
12. Femme du roulier (la)
13. Flageolet (le)
14. Gaule (la)
15. Grues (les)
16. Honneur de Margoton
17. Instants psychologiques
18. Joueur de Luth
19. Journée de Printemps
20. Mᵉ Cardinal au chᵗ de lutte 0.50
21. Madame Putiphar
22. Maire d'Eu (le)
23. Maraichère (la)
24. Mon frère
25. Mon morceau de musique
26. Mon zipholo
27. Montagne où je suis né (la)
28. Morceau détaché
29. Noël gaulois
30. Pancartes (les)
31. Petites chatteries (les)
32. Préfecture d'amour
33. Ritanton larirette
34. Tribulations d'un pipelet
35. Un doigt de cour
36. Voyage au Japon
Chant seul : 0.35 net
Piano et Chant : 1.70 net
NOUVELLES CHANSONS et CHANSONNETTES COMIQUES
1. A la future exposition
2. Alliances de Guillaume II 0.50
3. Arrestation (l')
4. Baigneuse de Beaucaire (la)
5. Barbe et la jambe (la)
6. Bon pour la santé
7. Cake-Walk (le)
8. Ça marche bien
9. Cheval récalcitrant (le)
10. Choix d'une Cocotte (le)
11. Comment on fait une chanson
12. Conquête ratée
13. Duel de Bridou (le)
14. Elle est petite main
15. Enfants et les pères (les)
16. Et ta sœur
17. Fille de Parthenay (la)
18. Garde-champêtre (le) ou J'vous y prends
19. Histoire de Malborough (par un Anglais)
20. J'te l'avais dit
21. Je voudrais être président
22. Lafontaine à Paris
23. Liberté, égalité, fraternité
24. Ménétrier Thomas
25. Microbomanie
26. Modern lanciers
27. Modernes sérénades
28. Moto-Gourde (le)
29. Ode au chameau
30. On les blague
31. Pari nouveau jeu (un)
32. Petite commerçante (la)
33. Petit bleu (le)
34. Petite Monique (la)
35. Petites semaines (les)
36. Première passion
37. Printemps s'avance
38. Refrains improvisés
39. Réponse à tout
40. Ronde des facteurs (la)
41. Saisons dangereuses
42. Samedi (le)
43. Secrets du Jiu-Jitsu (les)
44. Tabac du Capitaine
45. Toutes les deux
46. Trop nerveux
47. Un coup de soleil (avec sifflet)
48. Viens-nous en (grand succès)
49. Viens poupoule (grand succès)
50. Y a quéqu'un dans l'armoire
51. Réplique imprévue
52. L'Anguille
53. Fille à Jean-Pierre (la)
54. Noces de Fanchette (les)
Chant seul : 0.35
Piano et Chant : 1.70 net
ENVOI CONTRE MANDAT OU TIMBRES-POSTE
La Maison fournit la musique de n'importe quel éditeur. — On n'expédie pas contre remboursement.
SOCIÉTÉ ANONYME DU NOUVEAU RÉPERTOIRE DES CONCERTS DE PARIS
MARCEL LABBÉ, Éditeur, 20, Rue du Croissant, Paris
Tous droits d'exécution, de reproduction et d'arrangements réservés pour tous pays, y compris la Suède, la Norvège et le Danemark.
Imp. H. Minot, 4, rue Camille-Tahan, Paris.

Monologue de PLÉBUS et WILL

Prix net : 0,35

Paris — Marcel LABBÉ, Editeur
20, Rue du Croissant (IIme)

Imp. H. Minot, Paris

LES ANTINEURASTHÉNIQUES
Monologues Rabelaisiens.

3956

La gaule et les noix

Jean se baignait dans la rivière
Et prenait des ébats joyeux...
Le soleil était radieux
Et les effluves printanières
Agitaient d'un frémissement
Tous les objets environnants...
Voici que le long de la rive
Lison, bergère jeune et vive,
Vint à passer tout en chantant
Mais tout à coup... c'est effrayant
Elle aperçoit... près de la berge
Un corps dont la blancheur émerge
Parmi l'or du soleil couchant.
C'était Jean qui dormait tranquille
A quoi bon se fair' de la bile !
Mais c'dont Lison put s'étonner
C'est qu'il était sous un noyer
Dans un champ dont l'propriétaire
Etait précisément son père.
— Ah ! dit-elle, il n'y a pas d'erreur
Ce garnement est un voleur
Qui chipe nos fruits en maraude
Et la Lisette toute chaude
S'en fut, les yeux remplis de larmes
Au villag' chercher les gendarmes...
— Venez, Monsieur le brigadier,
C'est un voleur qu'il faut coffrer,
Obéissez, c'est votre rôle...
Moi, j'ai la preuve du délit
Car en passant bien devant lui
J'ai vu deux noix près de la gaule !

PLÉBUS et WILL.

M. L. 7.693 M. LABBÉ, édit[r], 20, Rue du Croissant, Paris

Succès des Phonographes

Répertoire Charlus

MONOLOGUES GRIVOIS

1. Amour à tous les étages (l')
2. Amour et nécessité
3. A part ça ça s'est bien passé
4. Bas de Jeanneton (les)
5. Charge du Colonel (la)
6. Chez la Boulangère
7. Chiffre de la baronne (le)
8. Culotte de Rose (la)
9. Désillusion
10. Elles en veulent
11. Extase
12. Fiancé épaté (un)
13. Galant bandit (le)
14. Histoire palpitante (une)
15. Idylle
16. Interprétation
17. Légumophonie
18. Logique fin-de-siècle
19. Méprise
20. Motif (le)
21. Onguent (l')
22. Parfait accord
23. Pilules Groscolard (grand succès)
24. Post Scriptum
25. Poule (la)
26. Protocole à Bibi
27. Queue (la)
28. Récit du Général (grand succès)
29. Revanche du corbeau (acc. Angl)
30. Réveil-matin (le)
31. Simple oubli
32. Simple vengeance
33. Songe de ma femme
34. Sourde comme un pot
35. Souvenir de vendange
36. Statuette (la) grand succès
37. Un cocher inquiet
38. Viatique (le)
39. Visite (la) ou les 2 jumeaux
40. Visite du Major (la)
41. Voyez nouveautés
42. Y'a qu'des gueulards

Chaque : 0.35 net — Par Série de 20 exemplaires : 5 fr. net

CHANSONNETTES GRIVOISES

1. Ah ! les amants
2. Auberge (l')
3. Bête du bon dieu (la)
4. Bilboquet (le)
5. Carillon d'Amour
6. Chats (les)
7. Clef du paradis (la)
8. Descente en cave
9. Deux soldats
10. Drôle de couvent (un)
11. En revenant du bois de Vincennes
12. Femme du roulier (la)
13. Flageolet (le)
14. Gaule (la)
15. Grues (les)
16. Honneur de Margoton
17. Instants psychologiques
18. Joueur de Luth
19. Journée de Printemps
20. Mᵉ Cardinal au chᵗ de lutte 0.50
21. Madame Putiphar
22. Maire d'Eu (le)
23. Maraichère (la)
24. Mon frère
25. Mon morceau de musique
26. Mon zipholo
27. Montagne où je suis né (la)
28. Morceau détaché
29. Noël gaulois
30. Pancartes (les)
31. Petites chatteries (les)
32. Préfecture d'amour
33. Ritanton larirette
34. Tribulations d'un pipelet
35. Un doigt de cour
36. Voyage au Japon

Chant seul : 0.35 net — Piano et Chant : 1.70 net

NOUVELLES CHANSONS et CHANSONNETTES COMIQUES

1. A la future exposition
2. Alliances de Guillaume II 0.50
3. Arrestation (l')
4. Baigneuse de Beaucaire (la)
5. Barbe et la jambe (la)
6. Bon pour la santé
7. Cake-Walk (le)
8. Ça marche bien
9. Cheval récalcitrant (le)
10. Choix d'une Cocotte (le)
11. Comment on fait une chanson
12. Conquête ratée
13. Duel de Bridou (le)
14. Elle est petite main
15. Enfants et les pères (les)
16. Et ta sœur
17. Fille de Parthenay (la)
18. Garde-champêtre (le) *ou* J'vous y prends
19. Histoire de Malborough *(par un Anglais)*
20. J'te l'avais dit
21. Je voudrais être président
22. Lafontaine à Paris
23. Liberté, égalité, fraternité
24. Ménétrier Thomas
25. Microbomanie
26. Modern lanciers
27. Modernes sérénades
28. Moto-Gourde (le)
29. Ode au chameau
30. On les blague
31. Pari nouveau jeu (un)
32. Petite commerçante (la)
33. Petit bleu (le)
34. Petite Monique (la)
35. Petites semaines (les)
36. Première passion
37. Printemps s'avance
38. Refrains improvisés
39. Réponse à tout
40. Ronde des facteurs (la)
41. Saisons dangereuses
42. Samedi (le)
43. Secrets du Jiu-Jitsu (les)
44. Tabac du Capitaine
45. Toutes les deux
46. Trop nerveux
47. Un coup de soleil *(avec sifflet)*
48. Viens-nous en (grand succès)
49. Viens poupoule (grand succès)
50. Y a quéqu'un dans l'armoire
51. Réplique imprévue
52. L'Anguille
53. Fille à Jean-Pierre (la)
54. Noces de Fanchette (les)

Chant seul : 0.35 — Piano et Chant : 1.70 net

ENVOI CONTRE MANDAT OU TIMBRES-POSTE

La Maison fournit la musique de n'importe quel éditeur. — On n'expédie pas contre remboursement.

SOCIÉTÉ ANONYME DU NOUVEAU RÉPERTOIRE DES CONCERTS DE PARIS

MARCEL LABBÉ, Éditeur, 20, Rue du Croissant, Paris

Imp. H. Minot, 4, rue Camille-Tahan, Paris.

DEVANT.... DERRIÈRE

Monologue de PLÉBUS et WILL

Paris — Marcel LABBÉ, Editeur
20, Rue du Croissant (IIme)

Imp. H. Minot. Paris

Prix net : 0.35

Les Antineurasthéniques

MONOLOGUES RABELAISIENS

DE

Plébus et Will

EN DEUX SÉRIES

« Les seuls qui m'ont fait rire ».
Henri BRISSON.
(Gazette de France, 1907).

« Guérison certaine de cette terrible affection après lecture ».
Un millier d'attestations.

Chaque Monologue : 0.35 net

1re SÉRIE

Illustrations Comiques de POUSTHOMIS

Les Dix francs du Vieux Monsieur
Le Vicaire de Saint-Chauffematuile
La Pucelle de Tabarin
Les deux figues d'Ursule
Le Gros et le Petit
Lamentations d'un Lutteur
La Gaule et les Noix
Devant..... Derrière
Mannken-Piss Nègre
L'Horloge de Pétauvent
Les Virginités de Nénette
Comme les Chiens

2me SÉRIE

Illustrations Comiques de PIDOT

Un motif aux Petits Oignons
Madame remettez-nous ça
Le Bidet de Mlle de Cuissefolle
Le Crû de Monsieur Baizemon
Une Langue en danger
L'Asperge de Monsieur Beaublair
La méprise de Mlle de Beaupétard
Par le bas du dos
Un Satyre sous un Tunnel
Histoire d'un Cou de Poulet
Le Paradis d'en face
La Pétarade de Chaudepanse

LES DESSERTS GRIVOIS

20 Monologues pour Hommes, par E. RAYEL, en deux Séries de 10 chacune.

1re Série

Le Réveil-Matin ou *Le Ressort à graisser.*
Un Fiancé épaté ou *Les Derniers outrages.*
Le Motif ou *La Demoiselle un peu vieille.*
Le Songe de ma Femme ou *L'Oiseau du Mari.*
La Culotte de Rose ou *La Porte fermée.*
Parfait Accord ou *Le Coup double.*
Méprise ou *Rentrer et Sortir.*
Le Viatique ou *L'Evêque fatigué.*
Simple Vengeance ou *Changement de Peau.*
L'Amour à tous les étages ou *La Demoiselle agitée.*

2me Série

Les Bas de Jeanneton ou *Plus haut que ça*
La Poule ou *Les deux Œufs du Cycliste*
Logique Fin de Siècle ou *Une Femme pas chère*
Désillusion ou *L'Amour perd son temps.*
Simple oubli ou *Le Parfum n'enlève pas l'odeur.*
Le Récit du Général ou *Une Vie en danger.*
Interprétation ou *Une Anglaise qui n'est pas froide.*
Légumophonie ou *Une Conversation jardinière.*
Le Galant Bandit ou *Le Révolver à six coups.*
Amour et Nécessité ou *Une Jeune fille pressée.*

Chaque Monologue 0.35 net

CHANSONS GAULOISES de G. de NOLA

La Gaule
Noël Gaulois
Mon Frère
Descente en Cave
Madame Putiphar
L'Auberge
La Maraîchère
La Femme du Roulier
Le Carillon d'Amour
Les deux Soldats
Morceau détaché

Mon morceau de musique
Un Doigt de Cour
Le Joueur de Luth
Journée de Printemps
L'Onguent, *monologue*
La Charge du Colonel, *monol.*
La Queue, *monologue*
Idylle, *monologue*
Extase, *monologue*
La Visite, *monologue*
L'Instant psychologique

Chez la Boulangère, *monol.*
Les Chats
Les Grues
Sourde comme un pot, *monologue.*
Un Cocher inquiet, *monologue*
Souvenir de Vendanges, *monologue.*
La Statuette, *monologue.*
Le Turc, *monologue.*
Le Chiffre de la Baronne

Chaque 0.35 net

Collection on ne peut plus grivoise.

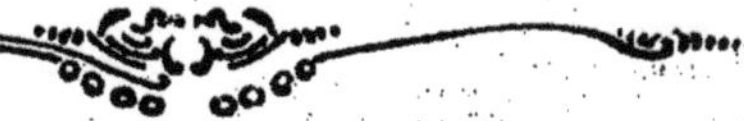

Marcel LABBÉ, Editeur, 20, Rue du Croissant, Paris (2me)

LES ANTINEURASTHÉNIQUES
Monologues Rabelaisiens.

Devant... derrière

Un Marseillais et un Gascon
En grande conversation
Discutaient l'effet du mercure
Moi dit l'un : Ma constitution
C'est vraiment une architecture
Admirable de construction.
C'est la beauté dans la nature.
Du mercure ! J'en bois sans cesse
Et ça ne me fait rien du tout.
Si ! Entre nous, je le confesse,
Dans la bouche il m'en reste un goût.
Au Restaurant, c'est agréable,
Mon voisin se trouve épaté
Car si je souffle sur la table,
Crac ! son couvert est argenté.
Le Marseillais répond : Bagasse
Moi ! qu'en ai bu, c'est bien plus beau
Quand je pète sur un carreau
Je l'étame comme une glace.

PLÉBUS et WILL.

M. L. 7.698 M. LABBÉ, édit^r, 20, Rue du Croissant, Paris

Succès des Phonographes

Répertoire Charlus

MONOLOGUES GRIVOIS

1. Amour à tous les étages (l')
2. Amour et nécessité
3. A part ça ça s'est bien passé
4. Bas de Jeanneton (les)
5. Charge du Colonel (la)
6. Chez la Boulangère
7. Chiffre de la baronne (le)
8. Culotte de Rose (la)
9. Désillusion
10. Elles en veulent
11. Extase
12. Fiancé épaté (un)
13. Galant bandit (le)
14. Histoire palpitante (une)
15. Idylle
16. Interprétation
17. Légumophonie
18. Logique fin-de-siècle
19. Méprise
20. Motif (le)
21. Onguent (l')
22. Parfait accord
23. Pilules Groscolard (grand succès)
24. Post Scriptum
25. Poule (la)
26. Protocole à Bibi
27. Queue (la)
28. Récit du Général (grand succès)
29. Revanche du corbeau (acc. Angl.)
30. Réveil-matin (le)
31. Simple oubli
32. Simple vengeance
33. Songe de ma femme
34. Sourde comme un pot
35. Souvenir de vendange
36. Statuette (la) grand succès
37. Un cocher inquiet
38. Viatique (le)
39. Visite (la) ou les 2 jumeaux
40. Visite du Major (la)
41. Voyez nouveautés
42. Y'a qu'des gueulards

Chaque : 0.35 net — Par Série de 20 exemplaires : 5 fr. net

CHANSONNETTES GRIVOISES

1. Ah ! les amants
2. Auberge (l')
3. Bête du bon dieu (la)
4. Bilboquet (le)
5. Carillon d'Amour
6. Chats (les)
7. Clef du paradis (la)
8. Descente en cave
9. Deux soldats
10. Drôle de couvent (un)
11. En revenant du bois de Vincennes
12. Femme du roulier (la)
13. Flageolet (le)
14. Gaule (la)
15. Grues (les)
16. Honneur de Margoton
17. Instants psychologiques
18. Joueur de Luth
19. Journée de Printemps
20. Mme Cardinal au cht de lutte 0.50
21. Madame Putiphar
22. Maire d'Eu (le)
23. Maraichère (la)
24. Mon frère
25. Mon morceau de musique
26. Mon zipholo
27. Montagne où je suis né (la)
28. Morceau détaché
29. Noël gaulois
30. Pancartes (les)
31. Petites chatteries (les)
32. Préfecture d'amour
33. Ritanton larirette
34. Tribulations d'un pipelet
35. Un doigt de cour
36. Voyage au Japon

Chant seul : 0.35 net — Piano et Chant : 1.70 net

NOUVELLES CHANSONS et CHANSONNETTES COMIQUES

1. A la future exposition
2. Alliances de Guillaume II 0.50
3. Arrestation (l')
4. Baigneuse de Beaucaire (la)
5. Barbe et la jambe (la)
6. Bon pour la santé
7. Cake-Walk (le)
8. Ça marche bien
9. Cheval récalcitrant (le)
10. Choix d'une Cocotte (le)
11. Comment on fait une chanson
12. Conquête ratée
13. Duel de Bridou (le)
14. Elle est petite main
15. Enfants et les pères (les)
16. Et ta sœur
17. Fille de Parthenay (la)
18. Garde-champêtre (le) *ou* J'vous y prends
19. Histoire de Malborough *(par un Anglais)*
20. J'te l'avais dit
21. Je voudrais être président
22. Lafontaine à Paris
23. Liberté, égalité, fraternité
24. Ménétrier Thomas
25. Microbomanie
26. Modern lanciers
27. Modernes sérénades
28. Moto-Gourde (le)
29. Ode au chameau
30. On les blague
31. Pari nouveau jeu (un)
32. Petite commerçante (la)
33. Petit bleu (le)
34. Petite Monique (la)
35. Petites semaines (les)
36. Première passion
37. Printemps s'avance
38. Refrains improvisés
39. Réponse à tout
40. Ronde des facteurs (la)
41. Saisons dangereuses
42. Samedi (le)
43. Secrets du Jiu-Jitsu (les)
44. Tabac du Capitaine
45. Toutes les deux
46. Trop nerveux
47. Un coup de soleil *(avec sifflet)*
48. Viens-nous en (grand succès)
49. Viens poupoule (grand succès)
50. Y a quéqu'un dans l'armoire
51. Réplique imprévue
52. L'Anguille
53. Fille à Jean-Pierre (la)
54. Noces de Fanchette (les)

Chant seul : 0.35 — Piano et Chant : 1.70 net

ENVOI CONTRE MANDAT OU TIMBRES-POSTE

La Maison fournit la musique de n'importe quel éditeur. — On n'expédie pas contre remboursement.

SOCIÉTÉ ANONYME DU NOUVEAU RÉPERTOIRE DES CONCERTS DE PARIS

MARCEL LABBÉ, Éditeur, 20, Rue du Croissant, Paris

Imp. H. Minot, 4, rue Camille-Tahan, Paris.

Monologue de

Plébus et Will

Paris — Marcel LABBÉ, Editeur
20, Rue du Croissant (IIme)

Imp. H. Minot, Paris

Prix net : 0.35

Les Antineurasthéniques

MONOLOGUES RABELAISIENS

DE

« *Les seuls qui m'ont fait rire* ».
Henri BRISSON.
(Gazette de France, 1907).

Plébus et Will

« *Guérison certaine de cette terrible affection après lecture* ».
Un millier d'attestations.

EN DEUX SÉRIES

Chaque Monologue : 0.35 net

1re SÉRIE
Illustrations Comiques de POUSTHOMIS

Les Dix francs du Vieux Monsieur
Le Vicaire de Saint-Chauffematuile
La Pucelle de Tabarin
Les deux figues d'Ursule
Le Gros et le Petit
Lamentations d'un Lutteur
La Gaule et les Noix
Devant..... Derrière
Mannken-Piss Nègre
L'Horloge de Pétauvent
Les Virginités de Nénette
Comme les Chiens

2me SÉRIE
Illustrations Comiques de PIDOT

Un motif aux Petits Oignons
Madame remettez-nous ça
Le Bidet de Mlle de Cuissefolle
Le Crû de Monsieur Baizemon
Une Langue en danger
L'Asperge de Monsieur Beaublair
La méprise de Mlle de Beaupétard
Par le bas du dos
Un Satyre sous un Tunnel
Histoire d'un Cou de Poulet
Le Paradis d'en face
La Pétarade de Chaudepanse

LES DESSERTS GRIVOIS

20 Monologues pour Hommes, par E. RAYEL, en deux Séries de 10 chacune.

1re Série

Le Réveil-Matin ou *Le Ressort à graisser.*
Un Fiancé épaté ou *Les Derniers outrages.*
Le Motif ou *La Demoiselle un peu vieille.*
Le Songe de ma Femme ou *L'Oiseau du Mari.*
La Culotte de Rose ou *La Porte fermée.*
Parfait Accord ou *Le Coup double.*
Méprise ou *Rentrer et Sortir.*
Le Viatique ou *L'Evêque fatigué.*
Simple Vengeance ou *Changement de Peau.*
L'Amour à tous les étages ou *La Demoiselle agitée.*

Chaque Monologue 0.35 net

2me Série

Les Bas de Jeanneton ou *Plus haut que ça*
La Poule ou *Les deux Œufs du Cycliste*
Logique Fin de Siècle ou *Une Femme pas chère*
Désillusion ou *L'Amour perd son temps.*
Simple oubli ou *Le Parfum n'enlève pas l'odeur.*
Le Récit du Général ou *Une Vie en danger.*
Interprétation ou *Une Anglaise qui n'est pas froide.*
Légumophonie ou *Une Conversation jardinière.*
Le Galant Bandit ou *Le Révolver à six coups.*
Amour et Nécessité ou *Une Jeune fille pressée.*

CHANSONS GAULOISES de G. de NOLA

La Gaule
Noël Gaulois
Mon Frère
Descente en Cave
Madame Putiphar
L'Auberge
La Maraîchère
La Femme du Roulier
Le Carillon d'Amour
Les deux Soldats
Morceau détaché

Chaque 0.35 net

Mon morceau de musique
Un Doigt de Cour
Le Joueur de Luth
Journée de Printemps
L'Onguent, *monologue*
La Charge du Colonel, *monol.*
La Queue, *monologue*
Idylle, *monologue*
Extase, *monologue*
La Visite, *monologue*
L'Instant psychologique

Chez la Boulangère, *monol.*
Les Chats
Les Grues
Sourde comme un pot, *monologue.*
Un Cocher inquiet, *monologue*
Souvenir de Vendanges, *monologue.*
La Statuette, *monologue.*
Le Turc, *monologue.*
Le Chiffre de la Baronne

Collection on ne peut plus grivoise.

Marcel LABBÉ, Editeur, 20, Rue du Croissant, Paris (2me)

LES ANTINEURASTHÉNIQUES
Monologues Rabelaisiens.

Les Dix francs du Vieux Monsieur

— La recette a-t-elle été bonne ?
Disait un' p'tit' marchand' de fleurs
À sa compagne une mignonne
Gamine ayant des yeux rieurs ?
— J'ai fait quarante trois sous, ma chère !
— Ah ! dit la second' gentiment
Ma veine est extraordinaire
Car moi ce soir, j'ai fait 10 francs !
Tiens ! mais on dirait qu' ça t'épate
Ces dix francs, c'est l'argent d'un vieux,
Un vieux qu'avait du poil aux pattes.
L'autr' répondit d'un ton sérieux :
— Dix francs ! Dix francs ! c'est un' bell' somme,
J'ai souvent trouvé l'occasion,
Mais m'man veut pas que j'suive un homme
Avant ma premièr' communion !

PLÉBUS et WILL.

M. L. 7.656 M. LABBÉ, édit^r, 20, Rue du Croissant, Paris.

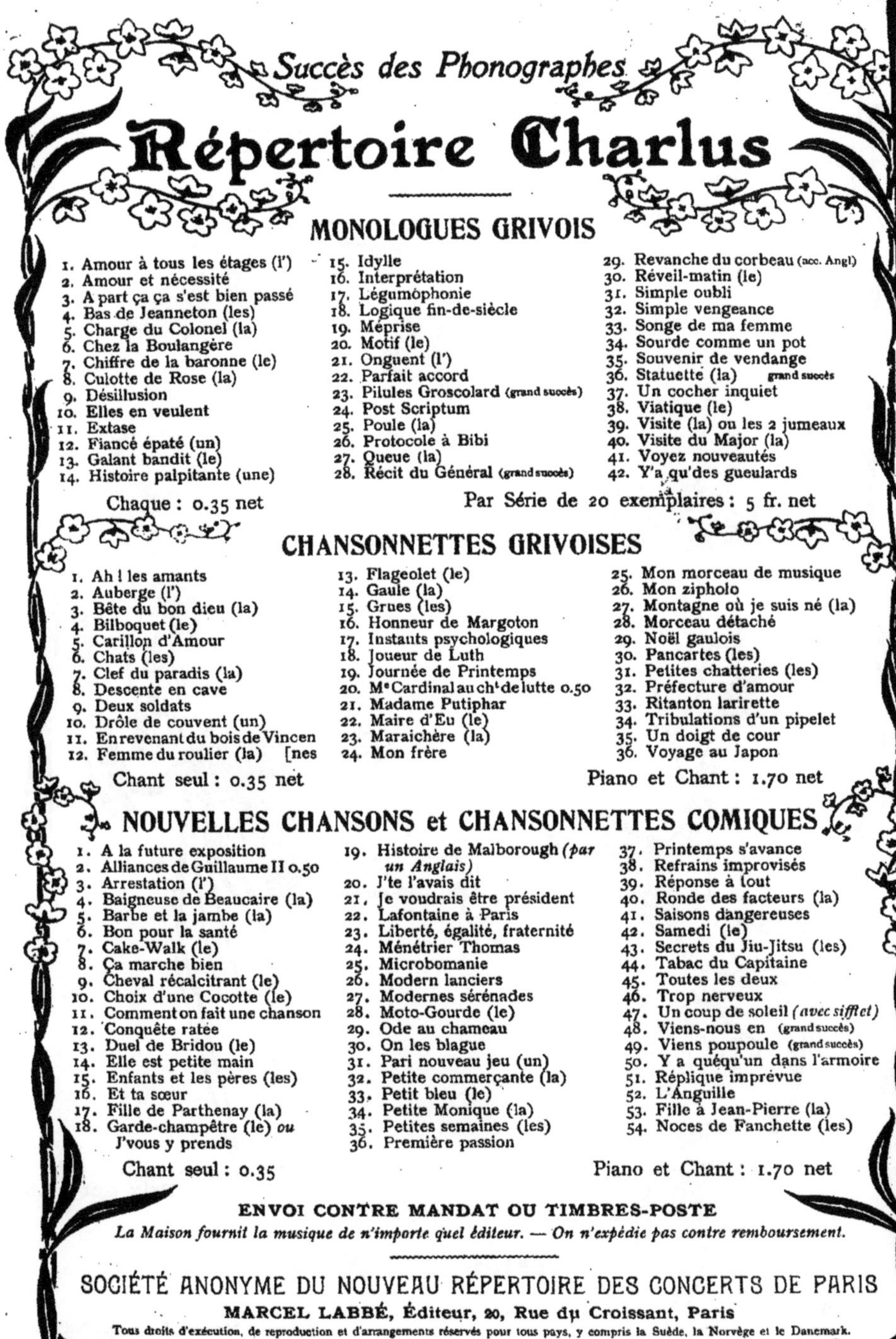
Succès des Phonographes
Répertoire Charlus
MONOLOGUES GRIVOIS
1. Amour à tous les étages (l')
2. Amour et nécessité
3. A part ça ça s'est bien passé
4. Bas de Jeanneton (les)
5. Charge du Colonel (la)
6. Chez la Boulangère
7. Chiffre de la baronne (le)
8. Culotte de Rose (la)
9. Désillusion
10. Elles en veulent
11. Extase
12. Fiancé épaté (un)
13. Galant bandit (le)
14. Histoire palpitante (une)
15. Idylle
16. Interprétation
17. Légumophonie
18. Logique fin-de-siècle
19. Méprise
20. Motif (le)
21. Onguent (l')
22. Parfait accord
23. Pilules Groscolard (grand succès)
24. Post Scriptum
25. Poule (la)
26. Protocole à Bibi
27. Queue (la)
28. Récit du Général (grand succès)
29. Revanche du corbeau (acc. Angl)
30. Réveil-matin (le)
31. Simple oubli
32. Simple vengeance
33. Songe de ma femme
34. Sourde comme un pot
35. Souvenir de vendange
36. Statuette (la) grand succès
37. Un cocher inquiet
38. Viatique (le)
39. Visite (la) ou les 2 jumeaux
40. Visite du Major (la)
41. Voyez nouveautés
42. Y'a qu'des gueulards
Chaque : 0.35 net
Par Série de 20 exemplaires : 5 fr. net
CHANSONNETTES GRIVOISES
1. Ah ! les amants
2. Auberge (l')
3. Bête du bon dieu (la)
4. Bilboquet (le)
5. Carillon d'Amour
6. Chats (les)
7. Clef du paradis (la)
8. Descente en cave
9. Deux soldats
10. Drôle de couvent (un)
11. En revenant du bois de Vincennes
12. Femme du roulier (la)
13. Flageolet (le)
14. Gaule (la)
15. Grues (les)
16. Honneur de Margoton
17. Instants psychologiques
18. Joueur de Luth
19. Journée de Printemps
20. Mᵉ Cardinal au chᵗ de lutte 0.50
21. Madame Putiphar
22. Maire d'Eu (le)
23. Maraichère (la)
24. Mon frère
25. Mon morceau de musique
26. Mon zipholo
27. Montagne où je suis né (la)
28. Morceau détaché
29. Noël gaulois
30. Pancartes (les)
31. Petites chatteries (les)
32. Préfecture d'amour
33. Ritanton larirette
34. Tribulations d'un pipelet
35. Un doigt de cour
36. Voyage au Japon
Chant seul : 0.35 net
Piano et Chant : 1.70 net
NOUVELLES CHANSONS et CHANSONNETTES COMIQUES
1. A la future exposition
2. Alliances de Guillaume II 0.50
3. Arrestation (l')
4. Baigneuse de Beaucaire (la)
5. Barbe et la jambe (la)
6. Bon pour la santé
7. Cake-Walk (le)
8. Ça marche bien
9. Cheval récalcitrant (le)
10. Choix d'une Cocotte (le)
11. Comment on fait une chanson
12. Conquête ratée
13. Duel de Bridou (le)
14. Elle est petite main
15. Enfants et les pères (les)
16. Et ta sœur
17. Fille de Parthenay (la)
18. Garde-champêtre (le) ou J'vous y prends
19. Histoire de Malborough (par un Anglais)
20. J'te l'avais dit
21. Je voudrais être président
22. Lafontaine à Paris
23. Liberté, égalité, fraternité
24. Ménétrier Thomas
25. Microbomanie
26. Modern lanciers
27. Modernes sérénades
28. Moto-Gourde (le)
29. Ode au chameau
30. On les blague
31. Pari nouveau jeu (un)
32. Petite commerçante (la)
33. Petit bleu (le)
34. Petite Monique (la)
35. Petites semaines (les)
36. Première passion
37. Printemps s'avance
38. Refrains improvisés
39. Réponse à tout
40. Ronde des facteurs (la)
41. Saisons dangereuses
42. Samedi (le)
43. Secrets du Jiu-Jitsu (les)
44. Tabac du Capitaine
45. Toutes les deux
46. Trop nerveux
47. Un coup de soleil (avec sifflet)
48. Viens-nous en (grand succès)
49. Viens poupoule (grand succès)
50. Y a quéqu'un dans l'armoire
51. Réplique imprévue
52. L'Anguille
53. Fille à Jean-Pierre (la)
54. Noces de Fanchette (les)
Chant seul : 0.35
Piano et Chant : 1.70 net
ENVOI CONTRE MANDAT OU TIMBRES-POSTE
La Maison fournit la musique de n'importe quel éditeur. — On n'expédie pas contre remboursement.
SOCIÉTÉ ANONYME DU NOUVEAU RÉPERTOIRE DES CONCERTS DE PARIS
MARCEL LABBÉ, Éditeur, 20, Rue du Croissant, Paris
Tous droits d'exécution, de reproduction et d'arrangements réservés pour tous pays, y compris la Suède, la Norvège et le Danemark.
Imp. H. Minot, 4, rue Camille-Tahan, Paris.

LES 2 FIGUES D'URSULE

Prix net : 0.35

Monologue de

Plébus et Will

Paris — Marcel LABBÉ, Editeur
20, Rue du Croissant (IIme)

Imp. H. Minot, Paris

Les Antineurasthéniques

MONOLOGUES RABELAISIENS

DE

Plébus et Will

EN DEUX SÉRIES

« *Les seuls qui m'ont fait rire* ».
Henri BRISSON.
(Gazette de France, 1907).

« *Guérison certaine de cette terrible affection après lecture* ».
Un millier d'attestations.

Chaque Monologue : 0.35 net

1re SÉRIE
Illustrations Comiques de POUSTHOMIS

Les Dix francs du Vieux Monsieur
Le Vicaire de Saint-Chauffematuile
La Pucelle de Tabarin
Les deux figues d'Ursule
Le Gros et le Petit
Lamentations d'un Lutteur
La Gaule et les Noix
Devant..... Derrière
Mannken-Piss Nègre
L'Horloge de Pétauvent
Les Virginités de Nénette
Comme les Chiens

2me SÉRIE
Illustrations Comiques de PIDOT

Un motif aux Petits Oignons
Madame remettez-nous ça
Le Bidet de Mlle de Cuissefolle
Le Crû de Monsieur Baizemon
Une Langue en danger
L'Asperge de Monsieur Beaublair
La méprise de Mlle de Beaupétard
Par le bas du dos
Un Satyre sous un Tunnel
Histoire d'un Cou de Poulet
Le Paradis d'en face
La Pétarade de Chaudepanse

LES DESSERTS GRIVOIS

20 Monologues pour Hommes, par E. RAYEL, en deux Séries de 10 chacune.

1re Série

Le Réveil-Matin ou *Le Ressort à graisser.*
Un Fiancé épaté ou *Les Derniers outrages.*
Le Motif ou *La Demoiselle un peu vieille.*
Le Songe de ma Femme ou *L'Oiseau du Mari.*
La Culotte de Rose ou *La Porte fermée.*
Parfait Accord ou *Le Coup double.*
Méprise ou *Rentrer et Sortir.*
Le Viatique ou *L'Evêque fatigué.*
Simple Vengeance ou *Changement de Peau.*
L'Amour à tous les étages ou *La Demoiselle agitée.*

Chaque Monologue 0.35 net

2me Série

Les Bas de Jeanneton ou *Plus haut que ça.*
La Poule ou *Les deux Œufs du Cycliste*
Logique Fin de Siècle ou *Une Femme pas chère*
Désillusion ou *L'Amour perd son temps.*
Simple oubli ou *Le Parfum n'enlève pas l'odeur.*
Le Récit du Général ou *Une Vie en danger.*
Interprétation ou *Une Anglaise qui n'est pas froide.*
Légumophonie ou *Une Conversation jardinière.*
Le Galant Bandit ou *Le Révolver à six coups.*
Amour et Nécessité ou *Une Jeune fille pressée.*

CHANSONS GAULOISES de G. de NOLA

La Gaule
Noël Gaulois
Mon Frère
Descente en Cave
Madame Putiphar
L'Auberge
La Maraîchère
La Femme du Roulier
Le Carillon d'Amour
Les deux Soldats
Morceau détaché

Chaque 0.35 net

Mon morceau de musique
Un Doigt de Cour
Le Joueur de Luth
Journée de Printemps
L'Onguent, *monologue*
La Charge du Colonel, *monol.*
La Queue, *monologue*
Idylle, *monologue*
Extase, *monologue*
La Visite, *monologue*
L'Instant psychologique

Chez la Boulangère, *monol.*
Les Chats
Les Grues
Sourde comme un pot, *monologue.*
Un Cocher inquiet, *monologue*
Souvenir de Vendanges, *monologue.*
La Statuette, *monologue.*
Le Turc, *monologue.*
Le Chiffre de la Baronne

Collection on ne peut plus grivoise.

Marcel LABBÉ, Editeur, 20, Rue du Croissant, Paris (2me)

LES ANTINEURASTHÉNIQUES
Monologues Rabelaisiens.

Les deux figues d'Ursule

Dans le jardin du Luxembourg
Avec leur précepteur Pancrace,
Les rejetons des Pétarbourg
Se promenaient après la classe.
Gontran, l'aîné, dit tout à coup,
En désignant une statue :
— Ah ! vraiment il faut être fou
Pour l'avoir aussi peu vêtue...
Monsieur Pancrace, expliquez-moi
Quel est ce morceau de verdure
Que ce héros porte sur soi
Un peu plus bas que la ceinture ?
— Monsieur le comte, en vérité,
Cette question est saugrenue
Dit l'précepteur estomaqué...
On a mis à cette statue
Comme à toutes apparemment
Un' feuill' de vigne pour ornement.
A ces mots, la cadette Ursule
Qui n'avait pas encor parlé
Dit tout haut : Vous êt's ridicule
De nous raconter ces blagu's là...
Je le dirai à papa, na...?
Vous vous moquez d'nous, c'est indigne
Ce n'est pas un' feuill' de vigne
C'est une feuille de figuier
Et mêm' je puis vous assurer
Qu'la nature s'est montré' prodigue
Car en dessous, moi j'vois deux figues...

PLÉBUS et WILL.

M. L. 7.695 M. LABBÉ, édit[r], 20, Rue du Croissant, Paris

Succès des Phonographes

Répertoire Charlus

MONOLOGUES GRIVOIS

1. Amour à tous les étages (l')
2. Amour et nécessité
3. A part ça ça s'est bien passé
4. Bas de Jeanneton (les)
5. Charge du Colonel (la)
6. Chez la Boulangère
7. Chiffre de la baronne (le)
8. Culotte de Rose (la)
9. Désillusion
10. Elles en veulent
11. Extase
12. Fiancé épaté (un)
13. Galant bandit (le)
14. Histoire palpitante (une)
15. Idylle
16. Interprétation
17. Légumophonie
18. Logique fin-de-siècle
19. Méprise
20. Motif (le)
21. Onguent (l')
22. Parfait accord
23. Pilules Groscolard (grand succès)
24. Post Scriptum
25. Poule (la)
26. Protocole à Bibi
27. Queue (la)
28. Récit du Général (grand succès)
29. Revanche du corbeau (acc. Angl.)
30. Réveil-matin (le)
31. Simple oubli
32. Simple vengeance
33. Songe de ma femme
34. Sourde comme un pot
35. Souvenir de vendange
36. Statuette (la) grand succès
37. Un cocher inquiet
38. Viatique (le)
39. Visite (la) ou les 2 jumeaux
40. Visite du Major (la)
41. Voyez nouveautés
42. Y'a qu'des gueulards

Chaque : 0.35 net — Par Série de 20 exemplaires : 5 fr. net

CHANSONNETTES GRIVOISES

1. Ah ! les amants
2. Auberge (l')
3. Bête du bon dieu (la)
4. Bilboquet (le)
5. Carillon d'Amour
6. Chats (les)
7. Clef du paradis (la)
8. Descente en cave
9. Deux soldats
10. Drôle de couvent (un)
11. En revenant du bois de Vincennes
12. Femme du roulier (la)
13. Flageolet (le)
14. Gaule (la)
15. Grues (les)
16. Honneur de Margoton
17. Instants psychologiques
18. Joueur de Luth
19. Journée de Printemps
20. Me Cardinal au chᵗ de lutte 0.50
21. Madame Putiphar
22. Maire d'Eu (le)
23. Maraichère (la)
24. Mon frère
25. Mon morceau de musique
26. Mon ziphdlo
27. Montagne où je suis né (la)
28. Morceau détaché
29. Noël gaulois
30. Pancartes (les)
31. Petites chatteries (les)
32. Préfecture d'amour
33. Ritanton larirette
34. Tribulations d'un pipelet
35. Un doigt de cour
36. Voyage au Japon

Chant seul : 0.35 net — Piano et Chant : 1.70 net

NOUVELLES CHANSONS et CHANSONNETTES COMIQUES

1. A la future exposition
2. Alliances de Guillaume II 0.50
3. Arrestation (l')
4. Baigneuse de Beaucaire (la)
5. Barbe et la jambe (la)
6. Bon pour la santé
7. Cake-Walk (le)
8. Ça marche bien
9. Cheval récalcitrant (le)
10. Choix d'une Cocotte (le)
11. Comment on fait une chanson
12. Conquête ratée
13. Duel de Bridou (le)
14. Elle est petite main
15. Enfants et les pères (les)
16. Et ta sœur
17. Fille de Parthenay (la)
18. Garde-champêtre (le) *ou* J'vous y prends
19. Histoire de Malborough *(par un Anglais)*
20. J'te l'avais dit
21. Je voudrais être président
22. Lafontaine à Paris
23. Liberté, égalité, fraternité
24. Ménétrier Thomas
25. Microbomanie
26. Modern lanciers
27. Modernes sérénades
28. Moto-Gourde (le)
29. Ode au chameau
30. On les blague
31. Pari nouveau jeu (un)
32. Petite commerçante (la)
33. Petit bleu (le)
34. Petite Monique (la)
35. Petites semaines (les)
36. Première passion
37. Printemps s'avance
38. Refrains improvisés
39. Réponse à tout
40. Ronde des facteurs (la)
41. Saisons dangereuses
42. Samedi (le)
43. Secrets du Jiu-Jitsu (les)
44. Tabac du Capitaine
45. Toutes les deux
46. Trop nerveux
47. Un coup de soleil *(avec sifflet)*
48. Viens-nous en (grand succès)
49. Viens poupoule (grand succès)
50. Y a quéqu'un dans l'armoire
51. Réplique imprévue
52. L'Anguille
53. Fille à Jean-Pierre (la)
54. Noces de Fanchette (les)

Chant seul : 0.35 — Piano et Chant : 1.70 net

ENVOI CONTRE MANDAT OU TIMBRES-POSTE

La Maison fournit la musique de n'importe quel éditeur. — On n'expédie pas contre remboursement.

SOCIÉTÉ ANONYME DU NOUVEAU RÉPERTOIRE DES CONCERTS DE PARIS

MARCEL LABBÉ, Éditeur, 20, Rue du Croissant, Paris

Imp. H. Minot, 4, rue Camille-Tahan, Paris.

Monologue de PLÉBUS et WILL

Prix net : 0.35

Paris — Marcel LABBÉ, Editeur
20, Rue du Croissant (IIme)

Imp. H. Minot, Paris

Les Antineurasthéniques

MONOLOGUES RABELAISIENS

DE

Plébus et Will

« *Les seuls qui m'ont fait rire* ».
Henri BRISSON.
(Gazette de France, 1907).

« *Guérison certaine de cette terrible affection après lecture* ».
Un millier d'attestations.

EN DEUX SÉRIES

Chaque Monologue : 0.35 net

1re SÉRIE
Illustrations Comiques de POUSTHOMIS

Les Dix francs du Vieux Monsieur
Le Vicaire de Saint-Chauffematuile
La Pucelle de Tabarin
Les deux figues d'Ursule
Le Gros et le Petit
Lamentations d'un Lutteur
La Gaule et les Noix
Devant..... Derrière
Mannken-Piss Nègre
L'Horloge de Pétauvent
Les Virginités de Nénette
Comme les Chiens

2me SÉRIE
Illustrations Comiques de PIDOT

Un motif aux Petits Oignons
Madame remettez-nous ça
Le Bidet de Mlle de Cuissefolle
Le Crû de Monsieur Baizemon
Une Langue en danger
L'Asperge de Monsieur Beaublair
La méprise de Mlle de Beaupétard
Par le bas du dos
Un Satyre sous un Tunnel
Histoire d'un Cou de Poulet
Le Paradis d'en face
La Pétarade de Chaudepanse

LES DESSERTS GRIVOIS

20 Monologues pour Hommes, par E. RAYEL, en deux Séries de 10 chacune.

1re Série

Le Réveil-Matin ou *Le Ressort à graisser.*
Un Fiancé épaté ou *Les Derniers outrages.*
Le Motif ou *La Demoiselle un peu vieille.*
Le Songe de ma Femme ou *L'Oiseau du Mari.*
La Culotte de Rose ou *La Porte fermée.*
Parfait Accord ou *Le Coup double.*
Méprise ou *Rentrer et Sortir.*
Le Viatique ou *L'Evêque fatigué.*
Simple Vengeance ou *Changement de Peau.*
L'Amour à tous les étages ou *La Demoiselle agitée.*

Chaque Monologue 0.35 net

2me Série

Les Bas de Jeanneton ou *Plus haut que ça*
La Poule ou *Les deux Œufs du Cycliste*
Logique Fin de Siècle ou *Une Femme pas chère*
Désillusion ou *L'Amour perd son temps.*
Simple oubli ou *Le Parfum n'enlève pas l'odeur.*
Le Récit du Général ou *Une Vie en danger.*
Interprétation ou *Une Anglaise qui n'est pas froide.*
Légumophonie ou *Une Conversation jardinière.*
Le Galant Bandit ou *Le Révolver à six coups.*
Amour et Nécessité ou *Une Jeune fille pressée.*

CHANSONS GAULOISES de G. de NOLA

La Gaule
Noël Gaulois
Mon Frère
Descente en Cave
Madame Putiphar
L'Auberge
La Maraîchère
La Femme du Roulier
Le Carillon d'Amour
Les deux Soldats
Morceau détaché

Mon morceau de musique
Un Doigt de Cour
Le Joueur de Luth
Journée de Printemps
L'Onguent, *monologue*
La Charge du Colonel, *monol.*
La Queue, *monologue*
Idylle, *monologue*
Extase, *monologue*
La Visite, *monologue*
L'Instant psychologique

Chez la Boulangère, *monol.*
Les Chats
Les Grues
Sourde comme un pot, *monologue.*
Un Cocher inquiet, *monologue*
Souvenir de Vendanges, *monologue.*
La Statuette, *monologue.*
Le Turc, *monologue.*
Le Chiffre de la Baronne

Chaque 0.35 net

Collection on ne peut plus grivoise.

Marcel LABBÉ, Editeur, 20, Rue du Croissant, Paris (2me)

LES ANTINEURASTHÉNIQUES
Monologues Rabelaisiens.

Le Crû de M. Baizemon

Monsieur Baizemon propriétaire
D'un crû fameux et réputé
Se trouvait la semain' dernière
Dans un restaurant très côté.
Il demanda une bouteille
De son vin et, non sans raison,
Il cria, la trogne vermeille :
C' vin là n'vient pas du Crû Baiz'mon !
Au gérant il fit une scène
— Je f'rai saisir tous vos tonneaux
Je les f'rai vider dans la Seine
J'irai devant les tribunaux.
Au patron qui faisait la tête
Il tonna : Vous êt's un vaurien
D'oser vendr' sous mon étiquette
Un vin qui n'est pas du tout l' mien !
— Ah ! dit l'patron, c'est la même terre
Il vient du clos à côté d' vous,
Séparé (c'n'est pas une affaire)
Par un mur en briques. — C'est l'mêm' goût !
Monsieur Baiz'mon fit : Sur mon âme
Patron, je vais vous épater
Un' fois couché avec votr' femme
Placez une main de chaque côté !...
Vous n'aurez pas, chose bizarre,
La même odeur (ça j'en suis sûr),
Et pourtant ce qui les sépare
C'est beaucoup moins épais qu'un mur !

PLÉBUS et WILL.

M. L. 7.651 M. LABBÉ, édit^r, 20, Rue du Croissant, Paris

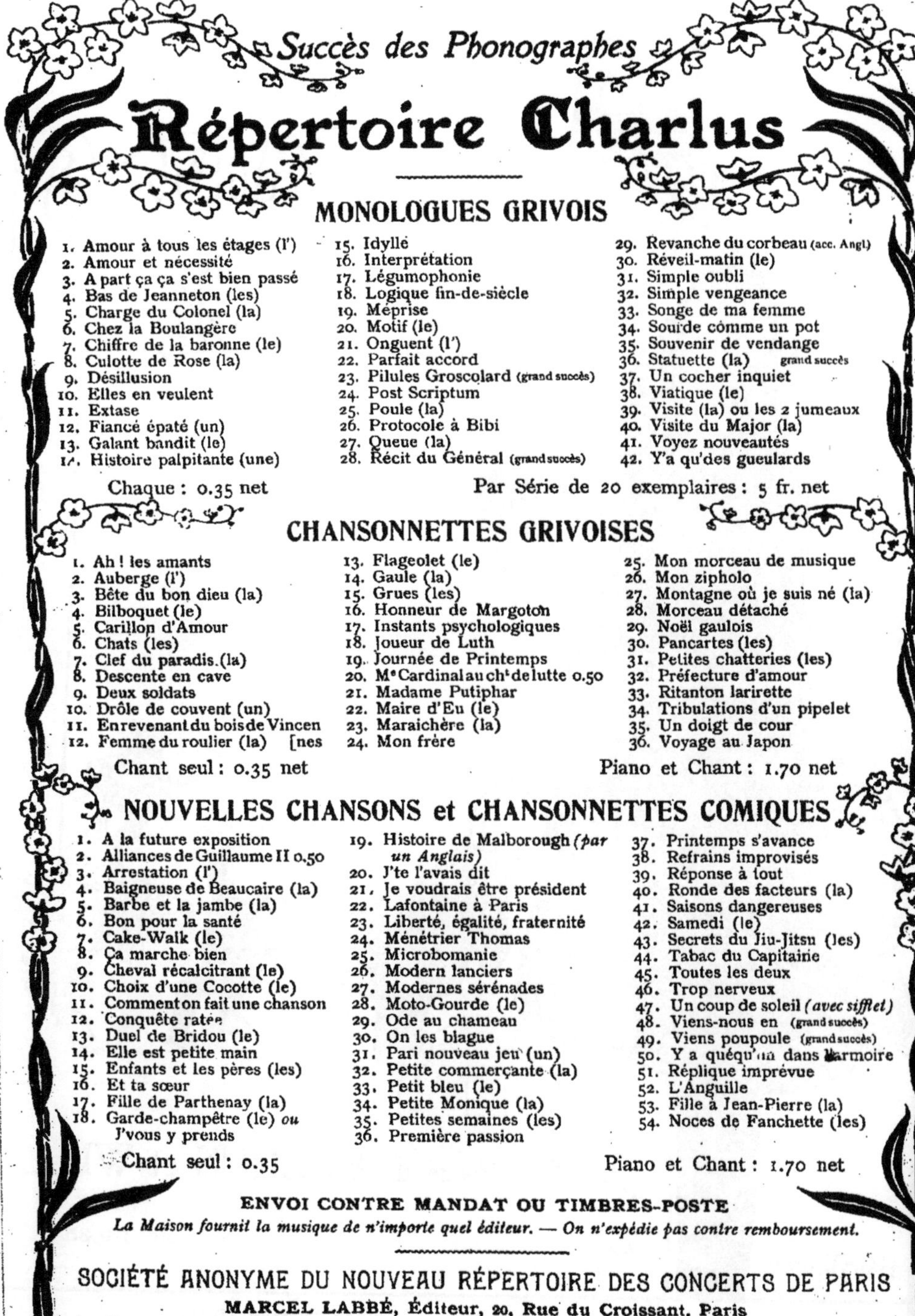

Succès des Phonographes

Répertoire Charlus

MONOLOGUES GRIVOIS

1. Amour à tous les étages (l')
2. Amour et nécessité
3. A part ça ça s'est bien passé
4. Bas de Jeanneton (les)
5. Charge du Colonel (la)
6. Chez la Boulangère
7. Chiffre de la baronne (le)
8. Culotte de Rose (la)
9. Désillusion
10. Elles en veulent
11. Extase
12. Fiancé épaté (un)
13. Galant bandit (le)
14. Histoire palpitante (une)
15. Idylle
16. Interprétation
17. Légumophonie
18. Logique fin-de-siècle
19. Méprise
20. Motif (le)
21. Onguent (l')
22. Parfait accord
23. Pilules Groscolard (grand succès)
24. Post Scriptum
25. Poule (la)
26. Protocole à Bibi
27. Queue (la)
28. Récit du Général (grand succès)
29. Revanche du corbeau (acc. Angl.)
30. Réveil-matin (le)
31. Simple oubli
32. Simple vengeance
33. Songe de ma femme
34. Sourde comme un pot
35. Souvenir de vendange
36. Statuette (la) grand succès
37. Un cocher inquiet
38. Viatique (le)
39. Visite (la) ou les 2 jumeaux
40. Visite du Major (la)
41. Voyez nouveautés
42. Y'a qu'des gueulards

Chaque : 0.35 net — Par Série de 20 exemplaires : 5 fr. net

CHANSONNETTES GRIVOISES

1. Ah ! les amants
2. Auberge (l')
3. Bête du bon dieu (la)
4. Bilboquet (le)
5. Carillon d'Amour
6. Chats (les)
7. Clef du paradis (la)
8. Descente en cave
9. Deux soldats
10. Drôle de couvent (un)
11. En revenant du bois de Vincen[nes]
12. Femme du roulier (la)
13. Flageolet (le)
14. Gaule (la)
15. Grues (les)
16. Honneur de Margoton
17. Instants psychologiques
18. Joueur de Luth
19. Journée de Printemps
20. Mr Cardinal au chᵗ de lutte 0.50
21. Madame Putiphar
22. Maire d'Eu (le)
23. Maraichère (la)
24. Mon frère
25. Mon morceau de musique
26. Mon zipholo
27. Montagne où je suis né (la)
28. Morceau détaché
29. Noël gaulois
30. Pancartes (les)
31. Petites chatteries (les)
32. Préfecture d'amour
33. Ritanton larirette
34. Tribulations d'un pipelet
35. Un doigt de cour
36. Voyage au Japon

Chant seul : 0.35 net — Piano et Chant : 1.70 net

NOUVELLES CHANSONS et CHANSONNETTES COMIQUES

1. A la future exposition
2. Alliances de Guillaume II 0.50
3. Arrestation (l')
4. Baigneuse de Beaucaire (la)
5. Barbe et la jambe (la)
6. Bon pour la santé
7. Cake-Walk (le)
8. Ça marche bien
9. Cheval récalcitrant (le)
10. Choix d'une Cocotte (le)
11. Comment on fait une chanson
12. Conquête ratée
13. Duel de Bridou (le)
14. Elle est petite main
15. Enfants et les pères (les)
16. Et ta sœur
17. Fille de Parthenay (la)
18. Garde-champêtre (le) *ou* J'vous y prends
19. Histoire de Malborough *(par un Anglais)*
20. J'te l'avais dit
21. Je voudrais être président
22. Lafontaine à Paris
23. Liberté, égalité, fraternité
24. Ménétrier Thomas
25. Microbomanie
26. Modern lanciers
27. Modernes sérénades
28. Moto-Gourde (le)
29. Ode au chameau
30. On les blague
31. Pari nouveau jeu (un)
32. Petite commerçante (la)
33. Petit bleu (le)
34. Petite Monique (la)
35. Petites semaines (les)
36. Première passion
37. Printemps s'avance
38. Refrains improvisés
39. Réponse à tout
40. Ronde des facteurs (la)
41. Saisons dangereuses
42. Samedi (le)
43. Secrets du Jiu-Jitsu (les)
44. Tabac du Capitaine
45. Toutes les deux
46. Trop nerveux
47. Un coup de soleil *(avec sifflet)*
48. Viens-nous en (grand succès)
49. Viens poupoule (grand succès)
50. Y a quéqu'un dans l'armoire
51. Réplique imprévue
52. L'Anguille
53. Fille à Jean-Pierre (la)
54. Noces de Fanchette (les)

Chant seul : 0.35 — Piano et Chant : 1.70 net

ENVOI CONTRE MANDAT OU TIMBRES-POSTE

La Maison fournit la musique de n'importe quel éditeur. — On n'expédie pas contre remboursement.

SOCIÉTÉ ANONYME DU NOUVEAU RÉPERTOIRE DES CONCERTS DE PARIS

MARCEL LABBÉ, Éditeur, 20, Rue du Croissant, Paris

Imp. H. Minot, 4, rue Camille-Tahan, Paris.

Paris, Marcel LABBÉ, Editeur, 20, Rue du Croissant (IIme)

Les Antineurasthéniques

MONOLOGUES RABELAISIENS

DE

Plébus et Will

« Les seuls qui m'ont fait rire ».
Henri BRISSON.
(Gazette de France, 1907).

« Guérison certaine de cette terrible affection après lecture ».
Un millier d'attestations.

EN DEUX SÉRIES

Chaque Monologue : 0.35 net

1re SÉRIE
Illustrations Comiques de POUSTHOMIS

Les Dix francs du Vieux Monsieur
Le Vicaire de Saint-Chauffematuile
La Pucelle de Tabarin
Les deux figues d'Ursule
Le Gros et le Petit
Lamentations d'un Lutteur
La Gaule et les Noix
Devant..... Derrière
Mannken-Piss Nègre
L'Horloge de Pétauvent
Les Virginités de Nénette
Comme les Chiens

2me SÉRIE
Illustrations Comiques de PIDOT

Un motif aux Petits Oignons
Madame remettez-nous ça
Le Bidet de Mlle de Cuissefolle
Le Crû de Monsieur Baizemon
Une Langue en danger
L'Asperge de Monsieur Beaublair
La méprise de Mlle de Beaupétard
Par le bas du dos
Un Satyre sous un Tunnel
Histoire d'un Cou de Poulet
Le Paradis d'en face
La Pétarade de Chaudepanse

LES DESSERTS GRIVOIS

20 Monologues pour Hommes, par E. RAYEL, en deux Séries de 10 chacune.

1re Série

Le Réveil-Matin ou *Le Ressort à graisser.*
Un Fiancé épaté ou *Les Derniers outrages.*
Le Motif ou *La Demoiselle un peu vieille.*
Le Songe de ma Femme ou *L'Oiseau du Mari.*
La Culotte de Rose ou *La Porte fermée.*
Parfait Accord ou *Le Coup double.*
Méprise ou *Rentrer et Sortir.*
Le Viatique ou *L'Evêque fatigué.*
Simple Vengeance ou *Changement de Peau.*
L'Amour à tous les étages ou *La Demoiselle agitée.*

Chaque Monologue 0.35 net

2me Série

Les Bas de Jeanneton ou *Plus haut que ça*
La Poule ou *Les deux Œufs du Cycliste*
Logique Fin de Siècle ou *Une Femme pas chère*
Désillusion ou *L'Amour perd son temps.*
Simple oubli ou *Le Parfum n'enlève pas l'odeur.*
Le Récit du Général ou *Une Vie en danger.*
Interprétation ou *Une Anglaise qui n'est pas froide.*
Légumophonie ou *Une Conversation jardinière.*
Le Galant Bandit ou *Le Révolver à six coups.*
Amour et Nécessité ou *Une Jeune fille pressée.*

CHANSONS GAULOISES de G. de NOLA

La Gaule
Noël Gaulois
Mon Frère
Descente en Cave
Madame Putiphar
L'Auberge
La Maraîchère
La Femme du Roulier
Le Carillon d'Amour
Les deux Soldats
Morceau détaché

Mon morceau de musique
Un Doigt de Cour
Le Joueur de Luth
Journée de Printemps
L'Onguent, *monologue*
La Charge du Colonel, *monol.*
La Queue, *monologue*
Idylle, *monologue*
Extase, *monologue*
La Visite, *monologue*
L'Instant psychologique

Chez la Boulangère, *monol.*
Les Chats
Les Grues
Sourde comme un pot, *monologue.*
Un Cocher inquiet, *monologue*
Souvenir de Vendanges, *monologue.*
La Statuette, *monologue.*
Le Turc, *monologue.*
Le Chiffre de la Baronne

Chaque 0.35 net

Collection on ne peut plus grivoise.

Marcel LABBÉ, Editeur, 20, Rue du Croissant, Paris (2me)

LES ANTINEURASTHÉNIQUES

Monologues Rabelaisiens.

3761

Comme les Chiens

On les maria, quel sacrilège !
Le jeune homm' sortait du collège
Et la jeune fill' du couvent.
C'était un ménage innocent...
Belle-maman, femme énergique,
Qui rêvait d'avoir un garçon
Faillit tomber en pamoison
Quand elle vint questionner sa fille...
— Quel déshonneur pour la famille
Et pour toi aussi, c'est certain...
Mais ton mari c'est un crétin...
Il est aveugle ! Il te néglige
Comme une rose sur sa tige
Qui soupire après l'arrosoir,
Mon gendr' fera mon désespoir ! —
Celui-ci subit la colère
De sa respectable bell'mère...
Navré il répondit tout bas :
L'amour, bell'-maman, je n'sais pas !
— Ah ! fit-elle rempli' de rage
J'veux un garçon, c'est votre ouvrage
Allez propre à rien, c'est honteux,
R'gardez les chiens et fait's comme eux !
Le lendemain, la tête basse
Derrièr' les roquets, les chiens d'chasse,
Il s'en allait en observant
Les queu's rel'vé's, les nez au vent.
Alors, le soir ce fut un drame
L'œil en feu, il dit à sa femme
Je m'déshabill', déshabill'-toi !
J'enlèv' ma chemis', fais comm' moi...
Avec un geste d'autocrate
Il la fit mettre à quatre pattes
En lui commandant de marcher
Autour de la chambre à coucher...
Ensuite il la regarda faire
Vint lui { mettr' le nez par derrière / renifler le }
Leva la jambe et sans s'presser
Contr' l'armoire il alla pisser !

PLÉBUS et WILL.

M. L. M. LABBÉ, édit^r, 20, Rue du Croissant, Paris

Succès des Phonographes

Répertoire Charlus

MONOLOGUES GRIVOIS

1. Amour à tous les étages (l')
2. Amour et nécessité.
3. A part ça ça s'est bien passé
4. Bas de Jeanneton (les)
5. Charge du Colonel (la)
6. Chez la Boulangère
7. Chiffre de la baronne (le)
8. Culotte de Rose (la)
9. Désillusion
10. Elles en veulent
11. Extase
12. Fiancé épaté (un)
13. Galant bandit (le)
14. Histoire palpitante (une)
15. Idylle
16. Interprétation
17. Légumophonie
18. Logique fin-de-siècle
19. Méprise
20. Motif (le)
21. Onguent (l')
22. Parfait accord
23. Pilules Groscolard (grand succès)
24. Post Scriptum
25. Poule (la)
26. Protocole à Bibi
27. Queue (la)
28. Récit du Général (grand succès)
29. Revanche du corbeau (acc. Angl)
30. Réveil-matin (le)
31. Simple oubli
32. Simple vengeance
33. Songe de ma femme
34. Sourde comme un pot
35. Souvenir de vendange
36. Statuette (la) grand succès
37. Un cocher inquiet
38. Viatique (le)
39. Visite (la) ou les 2 jumeaux
40. Visite du Major (la)
41. Voyez nouveautés
42. Y'a qu'des gueulards

Chaque : 0.35 net — Par Série de 20 exemplaires : 5 fr. net

CHANSONNETTES GRIVOISES

1. Ah ! les amants
2. Auberge (l')
3. Bête du bon dieu (la)
4. Bilboquet (le)
5. Carillon d'Amour
6. Chats (les)
7. Clef du paradis (la)
8. Descente en cave
9. Deux soldats
10. Drôle de couvent (un)
11. En revenant du bois de Vincennes
12. Femme du roulier (la)
13. Flageolet (le)
14. Gaule (la)
15. Grues (les)
16. Honneur de Margoton
17. Instants psychologiques
18. Joueur de Luth
19. Journée de Printemps
20. Mᵉ Cardinal au ch't de lutte 0.50
21. Madame Putiphar
22. Maire d'Eu (le)
23. Maraichère (la)
24. Mon frère
25. Mon morceau de musique
26. Mon zipholo
27. Montagne où je suis né (la)
28. Morceau détaché
29. Noël gaulois
30. Pancartes (les)
31. Petites chatteries (les)
32. Préfecture d'amour
33. Ritanton larirette
34. Tribulations d'un pipelet
35. Un doigt de cour
36. Voyage au Japon

Chant seul : 0.35 net — Piano et Chant : 1.70 net

NOUVELLES CHANSONS et CHANSONNETTES COMIQUES

1. A la future exposition
2. Alliances de Guillaume II 0.50
3. Arrestation (l')
4. Baigneuse de Beaucaire (la)
5. Barbe et la jambe (la)
6. Bon pour la santé
7. Cake-Walk (le)
8. Ça marche bien
9. Cheval récalcitrant (le)
10. Choix d'une Cocotte (le)
11. Comment on fait une chanson
12. Conquête ratée
13. Duel de Bridou (le)
14. Elle est petite main
15. Enfants et les pères (les)
16. Et ta sœur
17. Fille de Parthenay (la)
18. Garde-champêtre (le) *ou* J'vous y prends
19. Histoire de Malborough *(par un Anglais)*
20. J'te l'avais dit
21. Je voudrais être président
22. Lafontaine à Paris
23. Liberté, égalité, fraternité
24. Ménétrier Thomas
25. Microbomanie
26. Modern lanciers
27. Modernes sérénades
28. Moto-Gourde (le)
29. Ode au chameau
30. On les blague
31. Pari nouveau jeu (un)
32. Petite commerçante (la)
33. Petit bleu (le)
34. Petite Monique (la)
35. Petites semaines (les)
36. Première passion
37. Printemps s'avance
38. Refrains improvisés
39. Réponse à tout
40. Ronde des facteurs (la)
41. Saisons dangereuses
42. Samedi (le)
43. Secrets du Jiu-Jitsu (les)
44. Tabac du Capitaine
45. Toutes les deux
46. Trop nerveux
47. Un coup de soleil *(avec sifflet)*
48. Viens-nous en (grand succès)
49. Viens poupoule (grand succès)
50. Y a quéqu'un dans l'armoire
51. Réplique imprévue
52. L'Anguille
53. Fille à Jean-Pierre (la)
54. Noces de Fanchette (les)

Chant seul : 0.35 — Piano et Chant : 1.70 net

ENVOI CONTRE MANDAT OU TIMBRES-POSTE

La Maison fournit la musique de n'importe quel éditeur. — On n'expédie pas contre remboursement.

SOCIÉTÉ ANONYME DU NOUVEAU RÉPERTOIRE DES CONCERTS DE PARIS

MARCEL LABBÉ, Éditeur, 20, Rue du Croissant, Paris

Imp. H. Minot, 4, rue Camille-Tahan, Paris.

LE BIDET DE Melle DE CUISSEFOLLE

Monologue de **PLÉBUS et WILL**

Prix net : 0.35

Paris — Marcel LABBÉ, Editeur
20, Rue du Croissant (IIme)

Imp. H. Minot, Paris

LES ANTINEURASTHÉNIQUES
Monologues Rabelaisiens.

3965

Le bidet de Mlle de Cuissefolle

La jeune Irma de Cuissefolle
Faisait sa toilette un matin,
Quand le gosse de son voisin
Revenant alors de l'école
Vint jouer chez ell' quelques instants
Comme il faisait de temps en temps.
L'enfant partout mettait les pattes
Tirait les rideaux, les tapis
Et même faisait, sans plus d'épates,
Des galipettes dans le lit...
Soudain il aperçoit, la rosse,
Un objet dign' de ses ébats
Le bidet... et voilà mon gosse
En train de jouer à dada,
Puis dans l'intérieur mettant d'l'eau
D'fair' naviguer des p'tits bateaux...
Mais comme il s'approchait du bord,
Irma s'mit à crier très fort :
— Fais attention ! mon p'tit Arsène,
C'est plus dangereux que la Seine !
Puis se mettant à larmoyer :
— C'est pas grand, c'est pas bien féroce,
Mais si tu savais, mon pauvr' gosse,
Combien d'enfants s'y sont noyés !

PLÉBUS et WILL.

M. L. 7.692 M. LABBÉ, édit^r, 20, Rue du Croissant, Paris

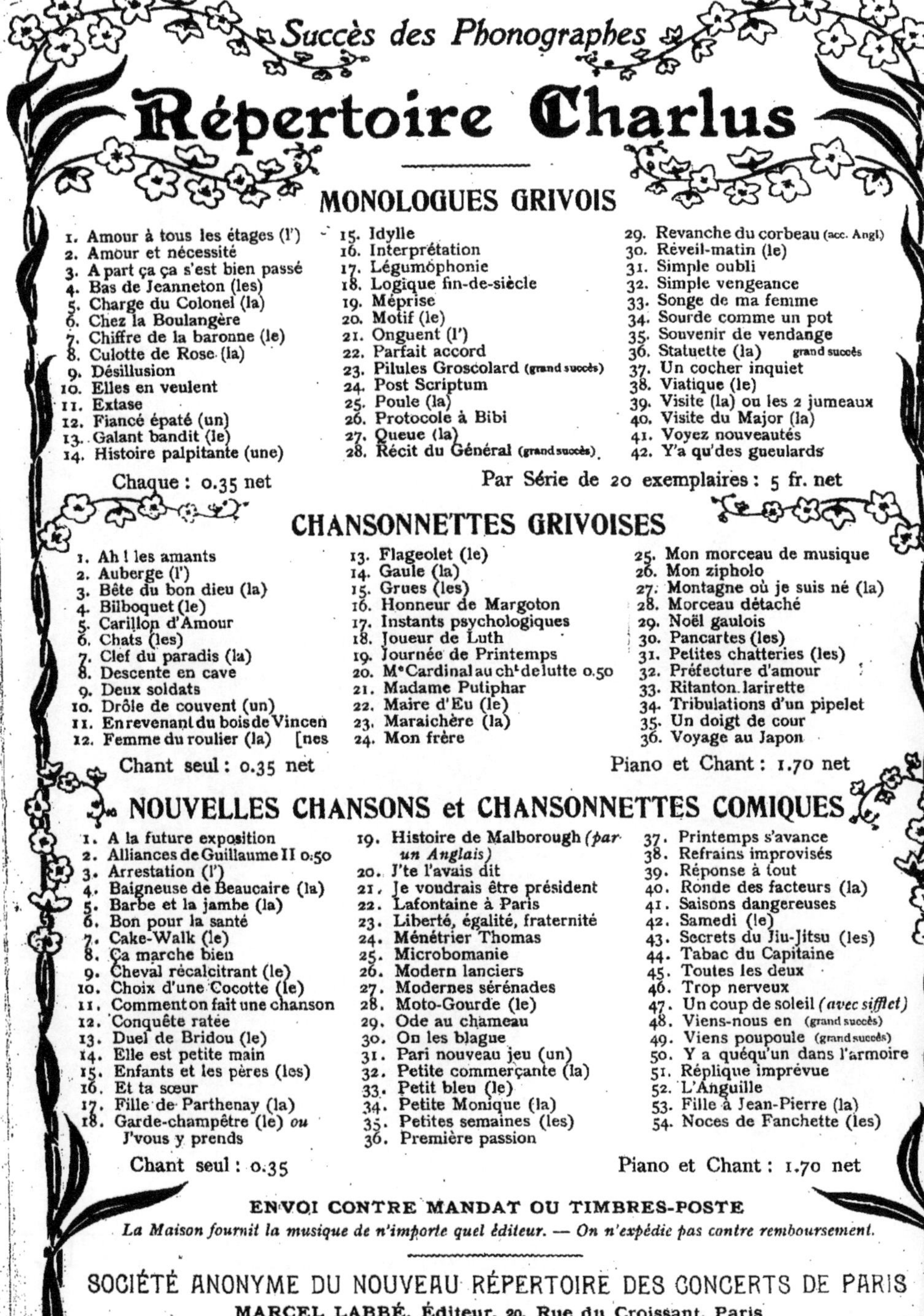
Succès des Phonographes
Répertoire Charlus
MONOLOGUES GRIVOIS
1. Amour à tous les étages (l')
2. Amour et nécessité
3. A part ça ça s'est bien passé
4. Bas de Jeanneton (les)
5. Charge du Colonel (la)
6. Chez la Boulangère
7. Chiffre de la baronne (le)
8. Culotte de Rose (la)
9. Désillusion
10. Elles en veulent
11. Extase
12. Fiancé épaté (un)
13. Galant bandit (le)
14. Histoire palpitante (une)
15. Idylle
16. Interprétation
17. Légumophonie
18. Logique fin-de-siècle
19. Méprise
20. Motif (le)
21. Onguent (l')
22. Parfait accord
23. Pilules Groscolard (grand succès)
24. Post Scriptum
25. Poule (la)
26. Protocole à Bibi
27. Queue (la)
28. Récit du Général (grand succès)
29. Revanche du corbeau (acc. Angl.)
30. Réveil-matin (le)
31. Simple oubli
32. Simple vengeance
33. Songe de ma femme
34. Sourde comme un pot
35. Souvenir de vendange
36. Statuette (la) grand succès
37. Un cocher inquiet
38. Viatique (le)
39. Visite (la) ou les 2 jumeaux
40. Visite du Major (la)
41. Voyez nouveautés
42. Y'a qu'des gueulards
Chaque : 0.35 net
Par Série de 20 exemplaires : 5 fr. net
CHANSONNETTES GRIVOISES
1. Ah ! les amants
2. Auberge (l')
3. Bête du bon dieu (la)
4. Bilboquet (le)
5. Carillon d'Amour
6. Chats (les)
7. Clef du paradis (la)
8. Descente en cave
9. Deux soldats
10. Drôle de couvent (un)
11. En revenant du bois de Vincennes
12. Femme du roulier (la)
13. Flageolet (le)
14. Gaule (la)
15. Grues (les)
16. Honneur de Margoton
17. Instants psychologiques
18. Joueur de Luth
19. Journée de Printemps
20. Mᵉ Cardinal au chᵗ de lutte 0.50
21. Madame Putiphar
22. Maire d'Eu (le)
23. Maraichère (la)
24. Mon frère
25. Mon morceau de musique
26. Mon zipholo
27. Montagne où je suis né (la)
28. Morceau détaché
29. Noël gaulois
30. Pancartes (les)
31. Petites chatteries (les)
32. Préfecture d'amour
33. Ritanton larirette
34. Tribulations d'un pipelet
35. Un doigt de cour
36. Voyage au Japon
Chant seul : 0.35 net
Piano et Chant : 1.70 net
NOUVELLES CHANSONS et CHANSONNETTES COMIQUES
1. A la future exposition
2. Alliances de Guillaume II 0.50
3. Arrestation (l')
4. Baigneuse de Beaucaire (la)
5. Barbe et la jambe (la)
6. Bon pour la santé
7. Cake-Walk (le)
8. Ça marche bien
9. Cheval récalcitrant (le)
10. Choix d'une Cocotte (le)
11. Comment on fait une chanson
12. Conquête ratée
13. Duel de Bridou (le)
14. Elle est petite main
15. Enfants et les pères (les)
16. Et ta sœur
17. Fille de Parthenay (la)
18. Garde-champêtre (le) ou J'vous y prends
19. Histoire de Malborough (par un Anglais)
20. J'te l'avais dit
21. Je voudrais être président
22. Lafontaine à Paris
23. Liberté, égalité, fraternité
24. Ménétrier Thomas
25. Microbomanie
26. Modern lanciers
27. Modernes sérénades
28. Moto-Gourde (le)
29. Ode au chameau
30. On les blague
31. Pari nouveau jeu (un)
32. Petite commerçante (la)
33. Petit bleu (le)
34. Petite Monique (la)
35. Petites semaines (les)
36. Première passion
37. Printemps s'avance
38. Refrains improvisés
39. Réponse à tout
40. Ronde des facteurs (la)
41. Saisons dangereuses
42. Samedi (le)
43. Secrets du Jiu-Jitsu (les)
44. Tabac du Capitaine
45. Toutes les deux
46. Trop nerveux
47. Un coup de soleil (avec sifflet)
48. Viens-nous en (grand succès)
49. Viens poupoule (grand succès)
50. Y a quéqu'un dans l'armoire
51. Réplique imprévue
52. L'Anguille
53. Fille à Jean-Pierre (la)
54. Noces de Fanchette (les)
Chant seul : 0.35
Piano et Chant : 1.70 net
ENVOI CONTRE MANDAT OU TIMBRES-POSTE
La Maison fournit la musique de n'importe quel éditeur. — On n'expédie pas contre remboursement.
SOCIÉTÉ ANONYME DU NOUVEAU RÉPERTOIRE DES CONCERTS DE PARIS
MARCEL LABBÉ, Éditeur, 20, Rue du Croissant, Paris
Tous droits d'exécution, de reproduction et d'arrangements réservés pour tous pays, y compris la Suède, la Norvège et le Danemark.
Imp. H. Minot, 4, rue Camille-Tahan, Paris.

L'Asperge de Mr Beaublair

Monologue de PLÉBUS et WILL

Prix net : 0.35

ris — Marcel LABBÉ, Editeur
20, Rue du Croissant (IIme)

Imp. H. Minot, Paris

LES ANTINEURASTHÉNIQUES
Monologues Rabelaisiens.

L'Asperge de M. Beaublair

Deux maraîchères de la Halle
Discutaient les grains de beauté
Conversation sentimentale
Et bien nature en vérité
L'un' disait : Ma fille est exquise,
Elle a deux c'rises sur le nombril
Il ne faut pas qu' ça vous défrise
Elle est née à Montmorency.
— Ma nièce, dit l'autre, et c'est bien drôle,
A un' p'lur' d'pêch' sur le coin d'l'œil
Mais le plus bizarr', ma parole,
C'est qu'elle est nativ' de Montreuil !
— Présentez-les moi, vos d'mi-vierges,
Leur dit Beaublair avec orgueil,
Moi qui suis enfant d'Argenteuil,
R'gardez mon nez ! C'est une asperge !

PLÉBUS et WILL.

M. L. 7.649 M. LABBÉ, édit^r, 20, Rue du Croissant, Paris

Succès des Phonographes

Répertoire Charlus

MONOLOGUES GRIVOIS

1. Amour à tous les étages (l')
2. Amour et nécessité
3. A part ça ça s'est bien passé
4. Bas de Jeanneton (les)
5. Charge du Colonel (la)
6. Chez la Boulangère
7. Chiffre de la baronne (le)
8. Culotte de Rose (la)
9. Désillusion
10. Elles en veulent
11. Extase
12. Fiancé épaté (un)
13. Galant bandit (le)
14. Histoire palpitante (une)
15. Idylle
16. Interprétation
17. Légumophonie
18. Logique fin-de-siècle
19. Méprise
20. Motif (le)
21. Onguent (l')
22. Parfait accord
23. Pilules Groscolard (grand succès)
24. Post Scriptum
25. Poule (la)
26. Protocole à Bibi
27. Queue (la)
28. Récit du Général (grand succès)
29. Revanche du corbeau (acc. Angl)
30. Réveil-matin (le)
31. Simple oubli
32. Simple vengeance
33. Songe de ma femme
34. Sourde comme un pot
35. Souvenir de vendange
36. Statuette (la) grand succès
37. Un cocher inquiet
38. Viatique (le)
39. Visite (la) ou les 2 jumeaux
40. Visite du Major (la)
41. Voyez nouveautés
42. Y'a qu'des gueulards

Chaque : 0.35 net — Par Série de 20 exemplaires : 5 fr. net

CHANSONNETTES GRIVOISES

1. Ah ! les amants
2. Auberge (l')
3. Bête du bon dieu (la)
4. Bilboquet (le)
5. Carillon d'Amour
6. Chats (les)
7. Clef du paradis (la)
8. Descente en cave
9. Deux soldats
10. Drôle de couvent (un)
11. En revenant du bois de Vincen[nes
12. Femme du roulier (la)
13. Flageolet (le)
14. Gaule (la)
15. Grues (les)
16. Honneur de Margoton
17. Instants psychologiques
18. Joueur de Luth
19. Journée de Printemps
20. Mᵉ Cardinal au chᵗ de lutte 0.50
21. Madame Putiphar
22. Maire d'Eu (le)
23. Maraichère (la)
24. Mon frère
25. Mon morceau de musique
26. Mon zipholo
27. Montagne où je suis né (la)
28. Morceau détaché
29. Noël gaulois
30. Pancartes (les)
31. Petites chatteries (les)
32. Préfecture d'amour
33. Ritanton larirette
34. Tribulations d'un pipelet
35. Un doigt de cour
36. Voyage au Japon

Chant seul : 0.35 net — Piano et Chant : 1.70 net

NOUVELLES CHANSONS et CHANSONNETTES COMIQUES

1. A la future exposition
2. Alliances de Guillaume II 0.50
3. Arrestation (l')
4. Baigneuse de Beaucaire (la)
5. Barbe et la jambe (la)
6. Bon pour la santé
7. Cake-Walk (le)
8. Ça marche bien
9. Cheval récalcitrant (le)
10. Choix d'une Cocotte (le)
11. Comment on fait une chanson
12. Conquête ratée
13. Duel de Bridou (le)
14. Elle est petite main
15. Enfants et les pères (les)
16. Et ta sœur
17. Fille de Parthenay (la)
18. Garde-champêtre (le) *ou* J'vous y prends
19. Histoire de Malborough *(par un Anglais)*
20. J'te l'avais dit
21. Je voudrais être président
22. Lafontaine à Paris
23. Liberté, égalité, fraternité
24. Ménétrier Thomas
25. Microbomanie
26. Modern lanciers
27. Modernes sérénades
28. Moto-Gourde (le)
29. Ode au chameau
30. On les blague
31. Pari nouveau jeu (un)
32. Petite commerçante (la)
33. Petit bleu (le)
34. Petite Monique (la)
35. Petites semaines (les)
36. Première passion
37. Printemps s'avance
38. Refrains improvisés
39. Réponse à tout
40. Ronde des facteurs (la)
41. Saisons dangereuses
42. Samedi (le)
43. Secrets du Jiu-Jitsu (les)
44. Tabac du Capitaine
45. Toutes les deux
46. Trop nerveux
47. Un coup de soleil *(avec sifflet)*
48. Viens-nous en (grand succès)
49. Viens poupoule (grand succès)
50. Y a quéqu'un dans l'armoire
51. Réplique imprévue
52. L'Anguille
53. Fille à Jean-Pierre (la)
54. Noces de Fanchette (les)

Chant seul : 0.35 — Piano et Chant : 1.70 net

ENVOI CONTRE MANDAT OU TIMBRES-POSTE

La Maison fournit la musique de n'importe quel éditeur. — On n'expédie pas contre remboursement.

SOCIÉTÉ ANONYME DU NOUVEAU RÉPERTOIRE DES CONCERTS DE PARIS

MARCEL LABBÉ, Éditeur, 20, Rue du Croissant, Paris

Imp. H. Minot, 4, rue Camille-Tahan, Paris.

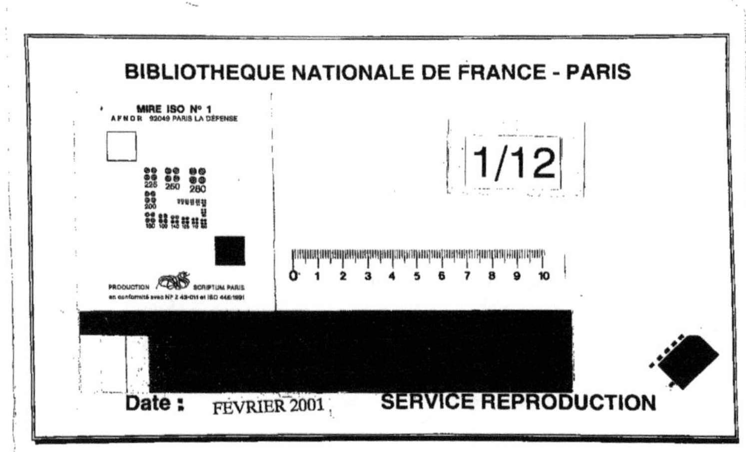

www.ingramcontent.com/pod-product-compliance
Ingram Content Group UK Ltd.
Pitfield, Milton Keynes, MK11 3LW, UK
UKHW020259220726
13923UKWH00002B/968

9 782019 673239